나는 유튜브로 논다

지은이 고퇴경
펴낸이 임상진
펴낸곳 (주)넥서스

초판 1쇄 발행 2016년 11월 25일
초판 3쇄 발행 2016년 12월 5일

2판 1쇄 인쇄 2018년 9월 30일
2판 1쇄 발행 2018년 10월 5일

출판신고 1992년 4월 3일 제311-2002-2호
10880 경기도 파주시 지목로 5
Tel (02)330-5500 Fax (02)330-5555

ISBN 979-11-6165-482-9 03810

이 도서의 국립중앙도서관 출판예정도서목록(CIP)은 서지정보유통지원시스템 홈페이지
(http://seoji.nl.go.kr)와 국가자료공동목록시스템(http://www.nl.go.kr/kolisnet)에서
이용하실 수 있습니다. (CIP제어번호 : CIP2018030131)

www.nexusbook.com

유튜브 100만 크리에이터 고퇴경의
똘끼 충만 라이프

나는
유튜브로
논다

고퇴경 지음

넥서스BOOKS

난… 가끔…

영상을 찍는다.

재미 있어서

웃으며… '좋아요'를 누를 수 있다는 건

좋은 거야.

꼭 웃겨야만 '좋아요'를 누르는 건 아니잖아.

내일 당장
삐뚜루빱빱족의 침공을 받아
지구가 멸망하더라도
한 치의 후회도 없는
인생을 살자!

GO
Toe Kyung

고 퇴 경

Prologue

나로 인해서 누군가가 웃고 기분이 좋아진다면

나는 정말 행복하다.

화면 밖에서는 아픈 사람들의 몸을 낫게 하는 약사로서

화면 안에서는

웃음으로 힘든 사람들의 마음을 치료하는 크리에이터로서

좀 더 더 많은 사람들이 행복해질 수 있도록

지쳐 쓰러질 때까지 달려 보련다.

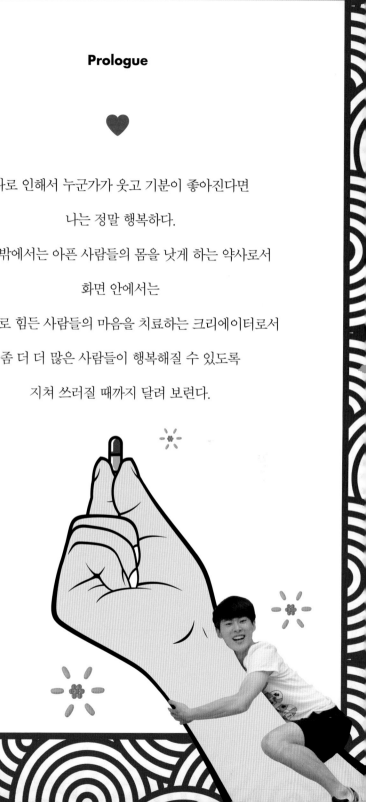

내가 즐겨 하는 게임인 '리그 오브 레전드'의 문도 박사라는 챔피언은 이렇게 말한다. "문도, 가고 싶은 대로 간다." 이게 내 인생의 모토다. 최근 내 삶에서 일어난 일들은 많은 경우 전혀 예상치 못한 곳에서 시작되었지만, 내가 가고 싶은 길이라는 판단이 들면 머뭇거리지 않고 성큼성큼 발걸음을 내딛는다.

책도 마찬가지다. 평소와 다름없이 동영상을 만들던 중 책이 필요한 장면이 있었다. 나는 아무 생각 없이 바로 앞에 있던 책을 집어 들어서 영상을 촬영했는데, 그 책이 바로 넥서스 출판사의 《ENJOY 두바이》였다. (그때 두바이를 다녀온 지 얼마 되지 않아서 내 곁에 그 책이 놓여 있었다.) 우연히 이 영상을 보신 출판사 관계자 분과 연락이 닿았고 출판 제의를 받았다. 나는 그 제안을 감사히 받아들였고, 여기까지 오게 되었다.

사실 내 이야기를 담은 책을 쓰고 싶다는 생각은 예전부터 하고 있었다. 내가 경험해 보지 못한 분야이고, 새로운 도전이기 때문이다. 평범한 나에게 이런 새로운 세상을 경험하는 일은 언제나 내 심장을 쿵쾅쿵쾅 뛰게 만든다.

최근 몇 년 동안 여행에 빠지게 된 이유도 이와 비슷하다. 종종 내 미래의 모습이 어떨까 상상해 보는데 그때마다 내가 눈을 감는 순간 '그래, 이 정도면 후회 없이 살았다'라는 생각이 들도록 살자는 다짐을 한다. 길지 않은 인생 남 눈치 보면서 하고 싶은 것도 못 하고 살면 얼마나 억울한가.

매일 똑같은 컴퓨터 화면만 보여 주는 것은 내 눈에 대한 예의가 아니다. 매일 컴퓨터만 두드리거나, 펜을 쥐고 있는 것은 내 손에 대한 예의가 아니다. 내 눈과 손은 더 좋은 것, 더 예쁜 것을 보고 만질 권리가 있다!

맨 처음 동영상을 SNS에 올릴 때 주변에서 말들이 참 많았다. 나는 재미있다고 생각했지만, 그것에 부정적 의견을 내보이는 이들이

왜 없었겠는가. 그러나 지금은 상황이 전혀 달라졌다. 하고 싶은 것을 다 하면서 사는 것이 정말 보기 좋다는 이야기도 많이 듣는다. 그런 소리를 들을 때마다 내 마음속에 이런 생각이 들고 또 얘기해 주고 싶어진다.

"저만 그럴 수 있는 게 아니에요.
그대도 그렇게 하지 못할 이유가 없지 않나요?"

나는 집이 잘살아서 하고 싶은 것은 맘대로 할 수 있는 소위 금수저가 아니다. 남은 학자금 대출을 걱정하는 이 시대의 수많은 20대 중 한 명일 뿐이다(ㄹ ㅇ 언제 다 갚냐 이거). 남들과 다른 점이 하나 있다면, 하고 싶은 것이 생기면 그건 꼭 해야 된다는 정도? 워낙 조금 고집이 세고, 막무가내인 성격이라 친구들과 같이 뭔가를 할 때면 친구들은 항상 우려 섞인 시선을 보내기도 한다. 그럴 때마다 습관처럼 하는 말이 있다.

"마! 다 되게 돼 있다, 마."

이 책을 읽으시는 분들께 내가 전하고 싶은 말은 아주 단순하다.

남들과 다른 길을 가기가 왠지 두렵고 걱정되는 우리 형님, 동생, 친구분들. 제가 먼저 가 봤는데요, 생각보다 별일 없더라고요. 팔로 팔로미!

책을 쓸 수 있게 만들어 준 정말 고마운 영상이다. 지금 생각해 봐도 정말 신기하다. 그리고 이렇게 책을 내게 된 것이 앞으로 어떤 다른 일들로 이어질지 몹시 궁금하고 기대가 된다.

Contents

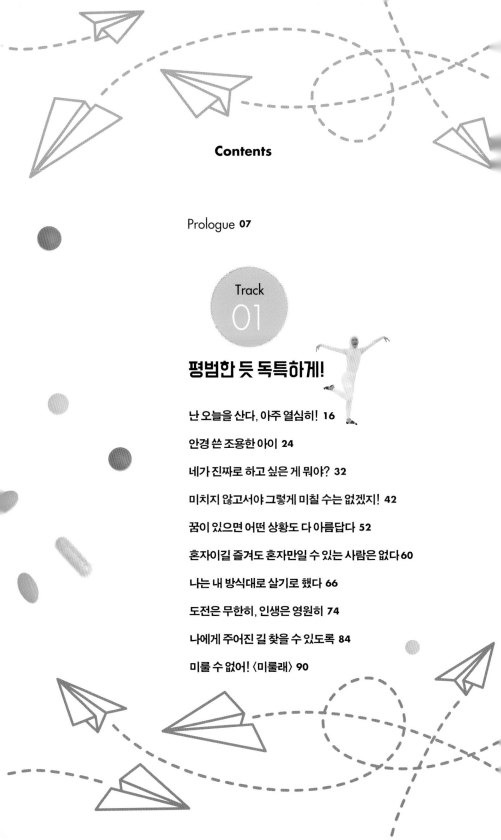

Track
02

마법 같은 나날들

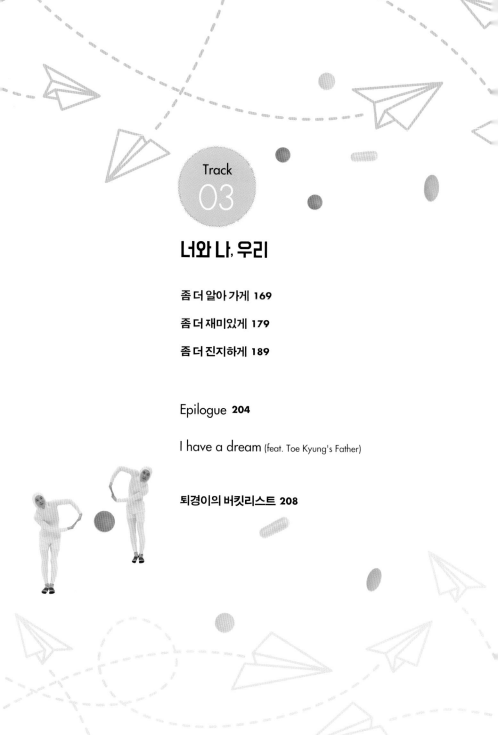

Track
03

너와 나, 우리

Track
01

평범한 듯

독특하게!

난 오늘을 산다,
아주 열심히!

페이스북 조회수 1억 4천만 구독자 100만

유투브 조회수 3500만 구독자 42만

트위터 조회수 2000만 구독자 23만

인스타그램 구독자 32만

동영상 총 300여 편 총 조회수 약 2억

총 구독자 약 200만

최근 내가 어떤 사람임을 보여 주는 숫자들이다. 하지만 이런 숫자들만으로 어떻게 한 사람의 삶과 정체성을 모두 표현할 수 있을까.

고퇴경.
높을 고高, 물러날 퇴退, 들 경炅.
나아가야 할 때와 물러나야 될 때를 안다.

쉽게 말하면 카이팅을 끝내주게 잘하는 원딜 같은 거다. 거의 뭐 뱅 선수급? 임프는 물러날 때를 잘 모른다. 주 포지션이 미드, 정글이다. 무슨 소리냐고? 롤을 하지 않으면 그러려니 하고 넘어가면 된다. 펜싱을 한번 배워 볼 걸 그랬나 싶다. 항상 어딘가에서 내 이름을 말해야 될 때면 자주 겪는 일이다.

"아, 오태경 님."
"아뇨, 아뇨. 고퇴경이요."
"아, 죄송합니다. 고태경 님."
"아뇨, 퇴요 퇴. 티읕에 오이요. 철퇴할 때 퇴요."
"아… 고퇴경 님…."

이 정도는 익숙하다. 지금은 그러려니 하고 넘어간다. 처음에는 '내 발음이 이상한가?'라고 생각하기도 했는데, 지금까지 계속 못 알아듣는 걸로 봐서 내 발음이 이상한 것 같다. 뭔 소리야! 오택경, 고태경, 오태경, 곳외경. 솔직히 이건 좀 심했다. 아직까지 이름에 '퇴' 자를 쓰는 사람은 못 본 것 같다. '물러나다'라는 뜻이 부정적인 의미라서 이름에는 잘 사용하지 않는다고 들었는데, 평범한 이름보단 훨씬 맘에 든다. 한 번 들으면 잘 잊어버리지 않고 기억해 주니까! 이 자리를 통해 이토록 멋진 이름을 지어 주신 할아버지께 감사의 말씀을 전하고 싶다.

땡큐 그랜파!

중학교 때에는 정말 너무나 평범한 학생이었다. 나는 어느 반에나 있는 조용하고 수줍음 많고 공부를 잘하지도 못 하지도 않는 아이였다. 체육 시간엔 항상 스탠드에 앉아서 나랑 비슷한 친구들과 시시콜콜한 수다를 떨고, 어딜 가도 있는 듯 없는 듯한 전형적인 학생1 정도가 나였다. 성격도 내성적이라 말수도 많은 편이 아니었고 학교가 끝나면 항상 곧장 집으로 갔다.

고3 때를 제외하고는 학원을 다닌 적도 없었다. 입시에 대해 부모님이 그렇게 극성스러운 편도 아니시고 '네가 하고 싶으면 하라'고 내가 자율적으로 선택할 수 있도록 맡겨 주셨기 때문이다. 어떻게 그러실 수 있었을까? 그 나이에 공부가 하고 싶을 리 없잖아! 중학교에 진학했을 때에도 반에서 '10등만 하자'라고 나름의 목표 설정을 해 주시긴 하셨지만, 10등 안에 들지 못했다고 해서 혼난 적은 없다. 당시 15등을 했던 기억이 난다. 그만큼 어떤 분야에도 특출난 것과는 거리가 멀었다. 나는 평범함 아이 그 자체였다.

수줍음이 많아서 수업 시간에 선생님이 뭔가를 시키거나 물어보시면 얼굴이 새빨개져서 아무 대답도 하지 못했다. 한창 부끄러움을 많이 타는 사춘기여서일 수도 있고, 여학생들 앞이라 더 그랬는지도 모르겠다. 대학을 가기 전까지만 해도 여자 앞에 서기만 하면 얼굴이 붉어져서 아무것도 하지 못하고 우물쭈물했다. 20살이 되기 전까지 대화를 나눠 본 여성이라고는 엄마, 할머니, 큰어머니, 숙모가 전부였던 것 같다. 연애는 그야말로 남의 이야기였고⋯.

성격이 변한 건 고등학교에 입학하면서부터이다. 당시 입학시험 성적순으로 공부방 멤버를 뽑았다. 전교에서 30명을 뽑고 그 친구들은 기숙사에도 우선적으로 들어갈 수 있었다. 그런데 나는 운이 좋게도 28등인가를 해서 기숙사에 들어갔던 것 같다. 그때까진 기숙사 생활이 내 성격을 완전 바꿔 놓을 계기가 될 줄은 꿈에도 몰랐다.

고등학교 동기 중에 특이한 친구들이 정말 많았다. 솔직히 말하자면 하는 짓은 꼴통이고, 공부에는 도통 관심이 없었다. 우리는 선생님들께 "지난 20년간 들어온 애들 중 너희가 최악"이라는 소리를 귀에 못이 박히도록 들었다. 참고로 난 19회 졸업생이다. 그래, 물론 이해한다! 특히나 그 별난 애들 중에서도 기숙사에 소위 또라이들이 많았다. 오죽하면 지난 20년 동안 기숙사 사감이 한 번도 바뀐 적 없었는데, 우리가 재학 중이던 3년 동안 네

분이나 그만두셨을까.

기숙사 친구들은 한시도 가만히 있지 않고 미쳐 날뛰었다. 기숙사에 보냈던 3년의 시절은 그야말로 혼돈의 시간이었다. 그 속에서 나 역시 친구들을 닮아 가며 나도 모르게 또라이가 되어 있었다. 그리고 그것이 오늘의 나를 있게 했다.

이 자리를 통해 기숙사 생활을 같이한 친구들에게 감사의 인사를 전한다.

"고맙다, 친구들아!"

디오니소스

이 영상이 지금까지 올렸던 영상 중에 가장 반응이 좋았던 영상이 아닌가 싶다. '좋아요'가 10만 개가 넘은 영상이 5개가 안 되는데 이게 그중 하나이다. 사실 큰 기대를 안 하고 올렸는데, 반응이 예상외로 완전 좋아서 약간 의아하기도 했다. 영상이 퍼지고 나서 디오니소스 자체가 하나의 유행처럼 퍼지기도 했다. 물론 SNL의 영향이 가장 크겠지만, 누군가 나를 보고 좋아해 주고 따라하기까지 한다니 왠지 뿌듯!

안경 쓴
조용한 아이

학창 시절 친구들에게 나는 어떤 학생이었냐고 물어보면 열이면 열 '안경 쓴 조용한 친구'라고 한다. 그 당시의 나를 이보다 나를 더 잘 표현할 수 있는 말은 없는 것 같다. 게다가 순해 빠져서 친구들과 부딪힐 만한 일도 없었다.

중학교 3년 기간 동안 가장 기억에 남는 친구는 중1 때 내 짝지다. 그 친구는 소위 학교에서 잘나가는 여학생이었다. 딱히 나한테 못되게 굴지는 않았지만 이게 다 내가 귀엽게 생긴 탓일 거다! 나는 그 짝지에게 우유셔틀도, 가방셔틀도 아닌 기상셔틀이었다. 짝지가 수업 시간에 몰래 졸고 있으면, 나는 수업을 듣고 있다가 선생님이 돌아다니시면 깨워 주고 문제 푼 걸 보여 주어야 했다. 짝지는 내 서비스(?)가 꽤나 마음에 들었던지 다음 짝지를 정할 때마다 나를 지목해서 1년 내내 개고생했던 기억이 난다. 앉았던 자리도 잊을 수 없다. 4분단 5번째 줄 왼쪽 자리. 지금 생각하니 울컥하네!

나는 그야말로 숙맥이었다. 중학생 때 친구들이랑 시내라는 곳을 처음으로 가 보고는 진짜 큰 충격을 받았다. 그곳엔 내가 모르는 신기한 것들이 너무나도 많았다. 그중에서도 친구들과 함께 미용실에 가서 헤어 스타일 변신을 하고 난 다음 그때 느꼈던 감동이란 말로 다 표현을 할 수가 없다.

그 당시에 샤기컷이 유행이었다. 나도 당연히 유행을 따라 샤기컷을 했다. 그리고 그날 난생처음으로 머리에 왁스라는 걸 발라 봤다. 그전까지는 항상 동네에 있는 미용실에서 해 주는 고정된 스타일의 범생이 머리만 하고 다녔다. 그러다가 머리를 다 다듬고 난 뒤 거울 속에 비친 나를 보고 스스로 얼마나 깜짝 놀랐는지 모른다. 상상조차 해 본 적이 없는 모습이었다. 16년 인생에서 받은 가장 큰 충격이었다.

와우, 이런 세상이 있을 줄이야!

얼마나 강렬한 기억인지 지금까지 미용실 이름도 잊지 않고 있다. 하라주쿠. 그렇게 샤기컷을 하고 왁스를 바른 내 모습이

얼마나 멋있어 보였던지, 그다음 날 여자애들한테 어필해 보 겠다고 일부러 머리를 안 감고 학교에 갔다. 그러나 그건 큰 실수였다. 먼지가 덕지덕지 붙은 채 떡 진 꼴이 되어 개망신만 당한 것이다. 지금은 모든 게 어설프기만 했던 어린 시절 해프 닝이라며 웃으면서 이야기하지만 당시엔 정말 창피했다.

그땐 다양하게 노는 방법을 몰랐고, 다른 친구들처럼 와자지 껄하거나 우르르 몰려다닌 적도 없다. 내가 즐긴 유일한 놀 이라고는 컴퓨터 게임뿐이었다. 얼마 전까지만 해도 하루에 5~6시간씩은 꾸준히 했고 지금도 즐기는 편이다. 게임의 역 사로 치자면 초등학교 때부터 정말 좋아했다.

개인 PC가 나오기 전의 콘솔 게임부터 시작해서 출시된 게임 중에 안 해 본 것이 없을 정도이다. 초등학교 때 내 방에 컴퓨 터가 생겼는데 항상 새벽에 몰래 게임을 하다가 부모님이 깨 는 소리가 들리면 전원 버튼을 뽑고 자는 척하다가 또다시 켜 서 게임을 했던 적이 다반사였다.

주말에는 학교 갈 일도 없으니 하루 종일 게임만 했다. 그러다 가 코피를 쏟은 적도 많았는데 나는 아랑곳하지 않았다. 휴지 를 콧구멍에 꽂아 놓고는 게임에만 몰두했다. 다른 건 아예 안

중에 없었다. 게임 때문에 피곤해서 코피가 났던 건데 지혈을 하기는커녕 코피를 흘려 가면서 계속 게임을 하니 코피가 멎을 리 없었다. 게임을 하다가 중간에 휴지를 뽑아 보면 항상 핏덩어리가 내 손가락 마디만큼 뭉쳐 흘러나왔다. 그러면 또 새 휴지를 꼽고 여전히 코피를 줄줄 흘리면서 게임을 다시 했다. 중학교 때는 그렇게 밤새 게임을 하고도 학교에서 졸지는 않았던 것 같은데 졸면 짝지한테 맞았으니까! 그땐 그렇게 잠을 자지 않고 어떻게 살았는지 모르겠다.

게임에 대한 나의 열정은 단순히 게임을 하는 데에만 그치지 않았다. 게임 관련 서적을 매달 사서 봤고, 새로운 게임이 출시되면 안 해 보고는 직성이 풀리지 않았다. 초등학교 고학년 때는 온라인 게임의 시초 격인 '바람의 나라'라는 게임이 선풍적인 인기였는데 거의 모든 남학생들이 이 게임을 했고, 이 게임 이야기만 했다. 그런데 친구들 사이에서도 내가 게임을 제일 좋아했고, 레벨도 가장 높았다.

한번은 그 소식을 들은 6학년 선배들이 화장실로 나를 불러서는 게임 아이템을 내놓으라고 협박을 한 적이 있다. 그때 무슨 깡에서였는지 모르겠지만 울먹거리면서도 절대 줄 수 없다고 버텼다. 차라리 돈을 달라고 했다면 입고 있던 옷이라도 벗어

췄을지 모르겠다. 하지만 내 몸보다 소중한 캐릭터를 줄 수는 없었다. 평범하고 조용한 아이였어도, 나름 뚝심과 근성이 있었던 걸지도 모른다!

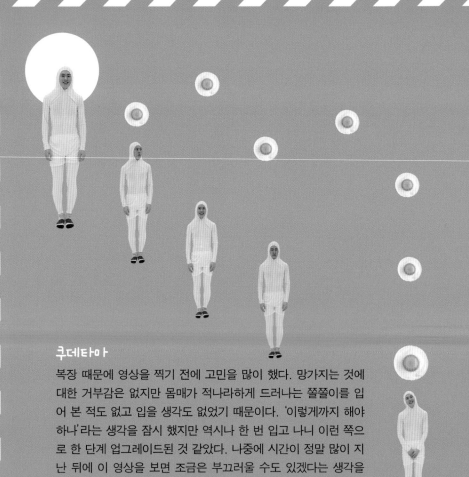

쿠데타마

복장 때문에 영상을 찍기 전에 고민을 많이 했다. 망가지는 것에 대한 거부감은 없지만 몸매가 적나라하게 드러나는 쫄쫄이를 입어 본 적도 없고 입을 생각도 없었기 때문이다. '이렇게까지 해야 하나'라는 생각을 잠시 했지만 역시나 한 번 입고 나니 이런 쪽으로 한 단계 업그레이드된 것 같았다. 나중에 시간이 정말 많이 지난 뒤에 이 영상을 보면 조금은 부끄러울 수도 있겠다는 생각을 잠시나마 해 보았다.

네가 진짜로
하고 싶은 게 뭐야?

중학교 시절과는 달리 고등학교 때는 나름으로는 다이내믹하게 보냈다. 물론 성격은 여전히 내성적이었지만 행동의 스케일이 달라졌다. 내성적인 또라이 같은 느낌이랄까? 내가 다녔던 고등학교는 울산 내에서도 체벌이 강하기로 가장 유명했는데, 선생님들께 맞았던 기억이 유난히 많이 난다. 두발 규정도 굉장히 엄격해서 3년 동안 거의 빡빡머리로 다녔다. 물론스포츠머리에도 정해진 규칙이 있었기 때문에 무조건 짧게 자르면 안 되었다. 한 번은 자주 이발할 시간도 없고 돈이 아깝기도 해서 평소보다 짧게 깎고 갔다가 반항하는 거냐며 맞았다.

그뿐이 아니다. 분위기가 엄격해서라고 말하기에는 이해하기힘든 일들이 적지 않았다. 처음 야간 자율 학습을 하던 날, 감독 담당 선생님께서 "야자 중에 나랑 눈 마주치면 맞는다. 책만 처다봐라"라고 크게 소리를 지르셨다. 그 말을 듣고 나는 묵묵하게 열심히 야자에 전념하고 있었다. 그런데 누군가 뒷문을 똑똑 두드리는 것이 아닌가. 그 소리에 나는 아무 생각 없이 반사적으로 뒤를 돌아봤고 선생님과 두 눈이 맞았다. 그 순간 온 교실이 쩌렁쩌렁 울렸다.

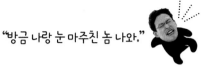

"방금 나랑 눈 마주친 놈 나와."

그날 나는 맞아야만 했다. 어이가 없고 화가 났지만 아무런 반항을 할 수 없었다. 그런 학교였다.

이런 일도 있었다. 수학여행을 가기 전 어디로 갈 것인지 학생들의 의견을 묻겠다며 학교에서 투표를 하라고 했다. 선택지는 세 가지로 1번 경주, 2번 제주도, 3번 해외였다. 외국에 한 번도 가 본 적이 없었던 나는 당연히 3번으로 투표를 했다. 그런데 다음 날 3번에 투표한 애들이 단체로 교무실 앞에 불려가서 맞았던 것이다. 그럴 거면 차라리 처음부터 묻지를 말든가! 그런 학교였다. 이해할 수 없는 폭압이 난무했다.

그런 분위기에서 우리가 해방구를 찾아 또라이 짓을 하게 된

건 어쩌면 당연했는지도 모르겠다. 일거수일투족 간섭을 받고, 학교와 어른들의 뜻에 의해 움직여야만 했던 그 시절, 우리는 무조건 순응하는 것이 아니라 자기만의 개성을 나름의 방식으로 찾아갔던 것이다. 어른들 눈에는 또라이 짓처럼 보였을지 몰라도.

공부방 이야기를 다시 해 보자.

공부방 학생들은 따로 모여 평일에는 12시, 토요일은 6시, 일요일은 10시까지 자습을 했다. 공부하는 기계처럼 정해진 시간 동안 내내 공부만 했다. 선배들과 마찬가지로 내 주변 친구들 모두 그렇게 공부를 했고, 우리는 고등학생이라면 당연히 그렇게 공부해야 되는 줄로만 알았다. 원래 불만이 크게 없는 성격이라 이러한 상황을 지극히 당연하게 받아들였고, 무리 없이 적응했다.

이건 좀 다른 이야기지만, 지금 돌이켜 보면 공부하는 시간과 성적은 절대적으로 비례하지는 않는 것 같다. 자신에게 맞는 수준과 전략대로, 얼마나 집중해서 공부하느냐가 중요하지 않을까. 그 시절 가장 후회스러운 것 중 하나는 수준에 맞지 않게 어렵기만 한 참고서들을 보면서 자족했던 것이다. 예를 들면 《하이X》, 《숨마X》, 《라우X》 등 일부 특목고 학생들에게나 적합하지 수능을 준비하는 대다수의 평범한 학생에게는 전혀 도움이 되지 않을 것 같은 참고서들을 봤다. 그러면서 "그래, 나는 공부를 참 잘해"라고 스스로 만족을 했다. 전혀 실력이 느는 게 아니었는데 말이다.

또 하나는 쏟아지는 잠을 억지로 참아 가면서 "쟤는 두 시까지 하니까 나도 적어도 두 시까지는 공부하고 자야지!"라면서 쓸데없는 경쟁심에 불탔다. 잠이 오면 그냥 자는 게 짱이다. 대다수의 학생을 포함한 수험생들이 의자에 앉아 있는 것을 공부하는 시간이라고 생각하는데 그건 크나큰 착각이다. 공부할 때 적어도 본인에게만큼은 솔직해져야 한다. 집중이 되지도 않는데 괜히 친구들 앞에서 가오 잡으려고 공부하는 척해 봐야 아무 소용없다. 내가 얼마나 어떻게 공부했는지는 3년 뒤에 수능 점수가 말해 준다. 온갖 핑계를 대면서 열심히 변명해 봐야 본인만 비참해진다. 물론 이건 수능뿐만 아니라 모든 시험에 다 해당하는 얘기겠지만.

정말 본인이 필요하다고 느끼면 눈은 알아서 떠지고 집중이 저절로 된다. 무슨 시험을 준비 중인데 아침에 눈 뜨기가 너무 힘들다? 본인이 정말 붙고 싶은지, 그 일이 하고 싶은지 진지하

게 다시 한 번 생각해 보라. 고등학교 얘기하다가 이야기가 산으로 가는 것 같지만 계속 이어 가겠다. '학생이라는 죄로, 학교라는 감옥에' 갇혀 아무것도 할 수 없다는 말을 하는 친구들이 많다. 물론 이 말도 어느 정도 일리가 있다. 공감한다. 하지만 반만!

애초에 공부에 하나도 관심 없는 친구들을 책상 앞에 억지로 앉혀놔 봐야 시간 낭비다. 옴짝달싹할 수 없는 현실을 핑계 대는 학생들에게 어른들은 이렇게 얘기한다.

"세상에서 공부만큼 쉬운 게 없다."
"앉아서 공부만 하는 것도 똑바로 못하는데 니들이 나가서 뭘 할 수 있겠느냐."

나는 이 말에도 공감한다. 역시 이것도 반만.

똑같은 상황에 주어졌을 때 어떠한 상황에서도 안 좋은 면만을 보는 프로 불만러들이 있고, 부조리한 상황에서도 묵묵히 순응할 수 있는 프로 달관러들이 있다. 상황을 극단적으로 받아들이는 두 그룹 모두 어느 정도 문제가 있다. 부조리한 상황에서 문제 제기를 하는 것이 당연하지만, 내가 보기엔 이 세상엔 전적으로 문제라고 생각할 만한 일도, 전혀 문제가 없는 일도 없다. 그 사이에 있는 일들이 훨씬 많다. 동일한 상황에서도 생각하기에 따라 결과는 많이 달라질 수 있다. 나란 사람은 웬만하면 "그냥 그러려니" 하고 넘어가는 스타일이고 그게 좋다고 본지만. 그렇다고 누군가 맞고 있는 모습을 보고는 저 사람을 맞을 짓을 했겠거니 하고 그냥 쳐다보거나 지나치라는 의미는 절대 아니다.

결국 내가 말하고 싶은 핵심은 불평불만을 늘어놔 봐야 변하는 건 없다는 것이다. 예를 들어, 인터넷에서 이런 기사를 봤다고 하자.

"작년 XX 직업 평균 연봉 XX."

이런 기사에 베플은 안 봐도 뻔하다. 아마 익숙한 사람 많을걸?

"저런 새끼들은 하는 일도 없는데 무슨 돈을 저렇게 많이 받냐."
"그 따위로 일하려고 뽑아 준 줄 아냐?"

이런 글들에 대한 불평불만 많은 친구들의 반응은 예상이 가능하다. 1번은 겁나게 열이 받은 나머지 키보드를 부숴 버릴 듯 악플과 육두문자를 쏟아 내며 이 사회의 부조리에 대항하

는 정의의 사도인 척하기. 2번은 저 직업 개꿀이네, 나도 공부 열심히 해서 꿀 빨아야겠다라며 비아냥거리기. 어느 쪽이 됐든 발전이 없기는 매한가지다. 결국 허구한 날 키보드를 두드려 봐야 변하는 건 하나도 없다.

인생은 실전이다. 현실을 회피한 채 맨날 술에 찌들어서 나라가 나한테 해 준 게 뭐가 있느니 없으니 하면서 욕해 봐야 속 버리고, 돈 버리고, 다음 날 머리만 아프다. 그들이 욕하는 대상은 적어도 그들보단 훨씬 더 많은 노력을 해서 그 자리에 올라갔다. 그걸 인정하고 나면 훨씬 편해진다. 물론 예외도 존재하지만. 기안대생이 명문대생을 이기려면 당연히 그들보다 수십, 수백 배의 노력을 해야 되는 게 당연한데 그걸 인정하지 못하고 불평만 쏟아 내는 친구들이 의외로 많다.

좀 독하게 말하겠다.

니 들이 퍼질러 자고 폰 만질 때 걔들은 공부했어, 인마. 이젠 너희가 할 차례야!

인생은 실전

자기가 하고 싶은 걸 하는 게 최고야!

_⟨원피스⟩ 몽키 D. 루피 대사 중

파이애플 아재

파인애플 아재 영상은 한국에서 유행하기 전에 일본에서 워낙 크게 유행했기 때문에 일본 쪽의 유행을 목적으로 만들었다. 비슷한 옷을 찾느라 꽤나 고생했다. 원곡자가 입고 나오는 실크 소재의 의상은 도저히 구할 수가 없었다. 그래서 비슷한 패턴의 잠옷을 구매해서 지금도 요긴하게 쓰고 있다. 전혀 유명하지 않았던 평범한 사람이 영상 하나로 세계적인 인기를 끄는 걸 보면서 '정말 인생 한 방이구나'라는 걸 새삼 느낀다.

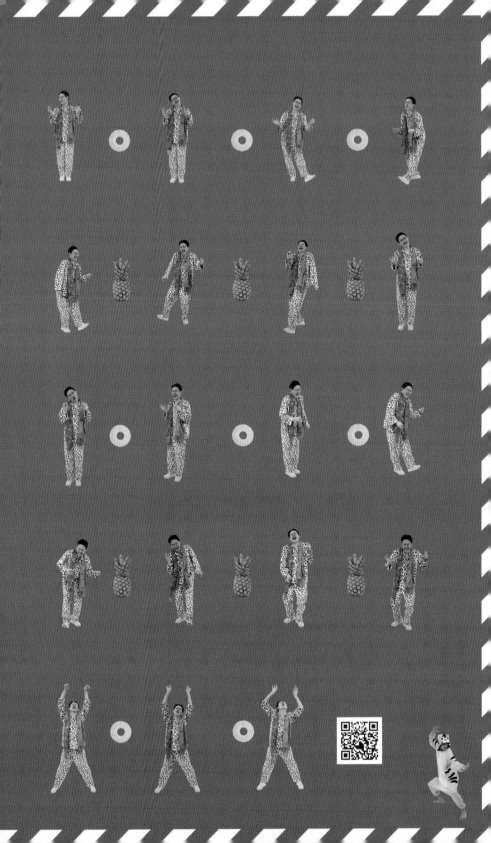

미치지 않고서야
그렇게 미칠 수는 없겠지!

나는 한 가지 일에 빠져들면 정말 미친 듯이 그 일에 몰입한다. 앞서 말했듯 어릴 때부터 컴퓨터 게임에 빠져 있었고, 한동안 운동에 몰두했다. 지금은 동영상 촬영과 해외여행에 집중하고 있다. 내가 빠져 있던 것 중에서 갑은 역시 컴퓨터 게임인데 이미 앞에서 여러 차례 언급했기 때문에 간단하게 덧붙이자면, 중학교 때부터 25살 정도까지 10여 년간 게임이 내 인생의 전부였다고 해도 과언이 아니다.

그 10년 동안 스쳐 갔던 게임들이 수도 없이 많다. 게임에 대해 이야기하라고 하면 3박 4일이 모자랄 정도로 한도 끝도 없이 떠들 수 있을 것 같다. 그중에서도 가장 깊이 빠져 있던 게임 중 하나가 '스페셜 포스'다. 내가 중2 때 출시되어서 내 중학교 생활을 책임졌던 게임이다. 중학교 시절 내내 친구 4명

이서 하루도 빠짐없이 학교가 끝나면 근처 게임방으로 가서 저녁 늦게까지 게임을 하고 집으로 가는 것이 일상이었다. 오죽했으면 책가방에 책 대신 전용 키보드와 마우스, 패드를 들고 다녔을 정도였을까. 그때 마음만은 프로 게이머였다.

계급도 높았다. 지금은 준장, 대장이 판을 치지만, 대령이 거의 최고 레벨이었고 원스타가 서버 내에 10명도 안 되던 그 시절에 중령이었으니 서버 내에서도 최상위권에 근접했다. 친구들과 같이 'Storm'이라는 클랜명으로 활동하며 게임방 대회도 참가하는 등 활발하게 활동했는데 대회가 있던 날이면 백화점에서 나름 야심차게 구입한 스톰 Storm 브랜드 옷으로 무장하고 대회에 참가했다. 지금 생각하면 부끄러운 흑역사의 시절이다. 우리 말고는 거의 다 고등학생, 대학생 형들이었는데 날 얼마나 한심하게 봤을까.

그다음 게임이 '겟앰프드'였다. 중학교 때 시작해서 고등학교 때까지 했는데 게임방에서 '스페셜포스'를 하고 집으로 와서는 항상 이 게임을 했다. 게임방에서 하면 친구들이 이거 뭐냐고 놀렸기 때문이다. 이 게임은 계급 대신 발로 레벨을 나타냈는데 처음엔 오리발, 개발에서 시작해 상위권은 호랑이발, 사자발 등이 되는 방식이다. 사자발 위에는 대한민국 랭킹 10위까지에게만 주어지는 용발 계급이 있었는데 내가 그 10명 중 하나였으니 무슨 설명이 더 필요하겠는가.

그리고 내가 초등학교 시절부터 고등학교 때까지 즐겼던 '스톤에이지'라는 게임이 있다. 처음에 이니엄에서 서비스를 시작하여 종료하고 이후에 넷마블로 옮겨 간 후 몇 년 전에 서비스가 종료되었다. 햇수로 따지자면 10년 가까이 즐겼는데 아마 내 또래의 친구들이나 형님들은 나와 같은 추억을 가진 사람이 많지 않을까 싶다.

서비스가 종료된다는 사실에 어마어마한 충격으로 어린 나이에 며칠간 얼마나 슬퍼했는지 모른다. 비록 게임이지만 온 마음을 다했던 것과의 이별은 말로 할 수 없는 너무나도 크나큰 절망과 상실감을 가져다주었다. 진심으로 사랑했던 사람과 이별했을 때의 마음이 그런 게 아닐까. 물론 그 당시엔 모솔이었으므로 사랑한 후 이별의 감정을 이해할 리 없었지만. 최근에 넷마블에서 '스톤에이지' 서비스를 재개한다는 뉴스가 발표되었는데 다시 오픈하는 날만을 손꼽아 기다리는 중이다.

마지막으로 현재 온라인 게임 이야기에서 빠질 수 없는 '리그 오브 레전드'가 있다. 첫 출시 때는 이런 류의 게임은 별로 선호하지 않아서 전혀 관심을 두지 않고 있었다. 그런데 만나기로 한 친구가 약속 시간에 좀 늦는다는 것이었다. 친구를 기다리는 동안 게임이나 하자고 게임방에 갔다가 그만 돌아올 수 없는 강을 건너고 말았다. 게임방에서는 나 빼고 다 롤을 하고 있었다. 그래서 약간 억지로 접하게 된 것이 첫 만남이었다.

그날 이후 내 4년간의 대학생활이 통째로 사라지고 말았다. 나는 게임에서 지는 게 죽기보다 싫었다. 그래서 학점을 미련 없이 버렸다. 특히 방학 때는 오전 10시 정도쯤 일어나서 새벽 6시까지 해 뜨는 걸 보면서 잠들고 또 10시 정도에 일어나서 게임을 하는 생활을 3개월 동안 했다.

'Wasted on lol'이라는 사이트가 있다. 이름에서 알 수 있듯 지금까지 롤에 접속한 시간이 얼마나 되는지를 보여 주는 사이트인데, 게임을 즐겼던 2년 동안 우연히 그 사이트를 알고는 내 아이디를 입력해 보았다. 그랬더니 약 9000시간이 나왔다. 일로 따지면 375일. 2년 동안 순수하게 1년 이상을 게임 '만' 한 것이다. 그 수치를 본 순간 약간 충격을 먹었다. 그러나 그것도 잠시. 그다음 게임이 시작하는 순간 말끔하게 지워 버렸다. 내 학점처럼.

그 당시 계급은 다이아였다. 지금은 그때처럼 게임을 많이 하지는 않지만 여전히 재미있게 플레이를 하고 있다. 롤챔스도 항상 챙겨 보고 특히나 결승전이나 큰 대회는 따로 스케줄이 없는 한 항상 가서 관람한다. 게임은 끊는 것이 아니다. 잠시 쉴 뿐이다. 이외에도 거쳐 갔던 게임들을 열거하면 끝도 없다.

이러한 내 게임 중독을 어느 정도 억제해 준 것이 바로 운동이다. 중학교 시절에는 운동을 전혀 하지 않았고 고등학교 시절에도 체육 시간에 너무 할 게 없어서 농구를 몇 번 했던 것이 전부였던 내가 운동에 관심을 갖게 된 계기는 대학교 교내 체육대회였다.

평소엔 이런 행사에서의 내 역할은 관중석에서 우리 팀을 열심히 응원하는 것이었는데, 모든 학생들이 하나 이상의 종목에 참가해야 한다고 해서 뜬금없이 계주 선수로 선발되었다. 운동을 즐겨 하는 친구들에겐 별거 아닌 일이겠지만 이런 식으로 체육대회에서 뭔가 한몫을 담당해야 한다는 것이 나에게는 처음이었기 때문에 그 소식을 듣자마자 바짝 긴장이 되었다. 그래서 대회 날짜에 맞춰 연습에 돌입했다.

연습이라고 해 봐야 인터넷에 '단거리 달리기 연습법'을 검색하여 그 운동법을 따라 하는 것이 전부였지만. 그렇게 땀을 흘리며 운동을 하면서 운동의 매력에 빠졌다. 자기 자신을 한계까지 밀어붙일 때의 쾌감은 이루 말할 수 없었다. 숨이 턱턱 차오르고 더 이상 꼼짝도 하지 못할 정도로 힘들고 고통스러운 그 순간이 나는 너무나도 좋았다. 내가 가학적인 성향이라서가 아니다. 아마 운동으로 극한의 육체적 한계를 극복했을 때의 카타르시스를 느껴 본 사람이라면 이해할 수 있을 것이다. 그때부터 3년 정도 꾸준히 매일 운동을 했다.

초기에는 헬스장도 다녀 봤는데 내 몸은 운동을 아무리 열심히 해도 근육이 잘 붙는 체질이 아니었다. 그러다 보니 성취감이 떨어져서 오래 다니진 못 했다. 역시 헬스장은 1년치를 한꺼번에 등록하고 한 달 가 줘야제 맛!

그렇다고 운동을 포기한 것은 아니다. 나는 뭐 하나를 시작했다 하면 미친 듯이 몰입하고 끝장을 보고야 말기 때문이다.

운동이야 그렇다고 치지만 오로지 게임만 하고 있던 내 모습이 게임에 정신 나간 미친놈, 혹은 한심한 놈 정도로밖에 보이지 않았을 것이다. 나도 안다. 인생을 쓸데없이 낭비하는 것처럼 보이는 것이 당연하다. 하지만 그것도 나의 일부이고, 그런

모습이 있었기에 여기까지 올 수 있었다고 생각한다. 이런 무한 궁
정 마인드! 무언가에 미치도록 몰입을 할 수 있기에 SNS 크리에
이터로서의 길로 향하는 문을 열 수 있었으니까. 그리고 나는
지금 그 문을 열고 만난 세계에서 내 모든 걸 쏟아붓고 있다.

미치지 않고서야 그렇게 미칠 수 없었겠지만, 지금으로서는
그렇게 미칠 수 있어서 몹시 다행이다.

문 열어 봐

과거는 흘러갔고 어쩔 수 없는 거야, 그렇지?
세상에 널 힘들게 할 땐 신경 끄고 사는 게 상책이야.

_〈라이온 킹〉 중에서

바나나송

영상을 찍는 데 처음으로 나름의 거금을 투자했다. 도저히 대체가 불가능한 아이템이라 눈물을 머금고 해외 구매를 했는데 이 영상을 찍고서 뭔가 완성도 높은 영상을 찍는 것에 대한 만족감이 얼마나 큰지 깨달았다. 일단 어느 정도 수준을 넘어서고 나면 그보다 더 높아지는 것은 괜찮아도 낮아지는 것은 견딜 수가 없다. 그게 당연한 사람의 마음이다. 그래서 이 영상 이후로 영상을 찍는 데 돈을 아끼지 않게 되었다. 덕분에 라면 먹는 날들이 많아졌지만.

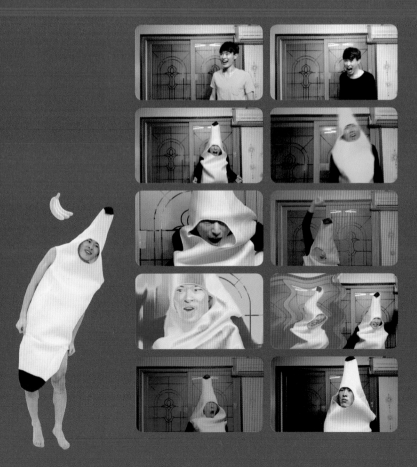

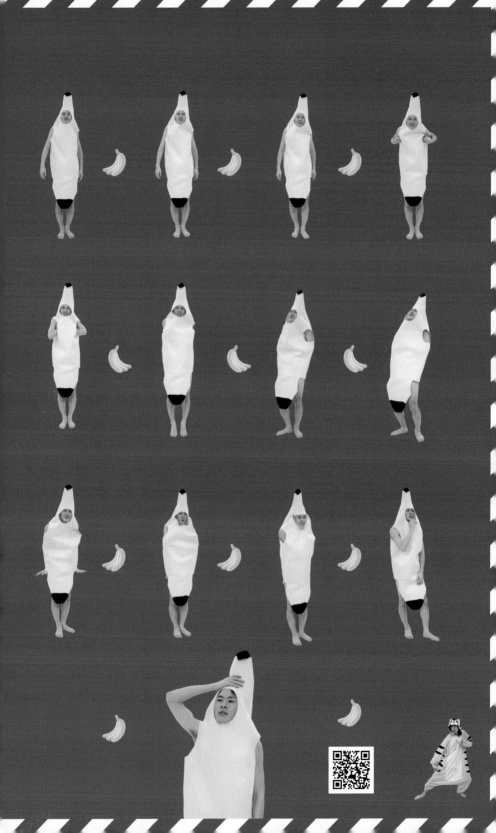

꿈이 있으면
어떤 상황도 다 아름답다

고등학생 때에는 입학 성적 상위권 학생들을 집중적으로 교육시키는 이른바 공부방 학생이 되어 3년간 평일은 12시, 토요일은 6시, 일요일은 10시까지 자습을 했다. 이과였던 나는 특별히 꿈을 가지고 있지는 않았다. 막연히 공부 잘하는 친구들이 가는 의대, 치대, 약대를 목표로 했다. 공대는 남자가 많아서 가기 싫었고 교대는 여자가 많아서 쑥스러웠다.

주말도 없이 공부만 하는 것에 대해 크게 불만은 없었다. 남들이 다 하니까 나도 당연히 해야 된다고 생각했을 뿐이고, 딱히 하고 싶은 게 있었던 것도 아니다. 놀아 본 적이 없기 때문에 노는 것이 얼마나 재미있는지를 몰랐다. 오죽하면 시내에 처음 나가 본 게 중3 때였고, 고등학생이 되어서야 처음으로 노래방을 가 봤을까. 그나마도 남들 앞에서 노래 부르는 게 부끄러워서 친구들 부르는 걸 듣기만 한 것이 전부였지만!

무식하게 공부만 했던 고교 시절이 지나고, 수능 시험을 치고 성적표를 받았다. 공부하는 것에 대해 스트레스가 없었기 때문에 그만큼 해방감도 크지 않았고, 무덤덤하게 대학에 진학했다. 2009년도 수능부터 약대는 수능이 아니라 PEET 시험으로 신입생을 뽑았기 때문에 나는 경희대 자율 전공에 진학했다. 그리고 1년간 여느 대학생과 마찬가지로 술과 게임에 찌들어 지냈다.

이때도 딱히 미래에 대한 고민은 없었다. 그저 '어떻게 되겠거니', '이제 겨우 20살인데 뭐'라며 아무 생각 없이 인생을 낙관하고만 있었을 뿐이었다. 그렇다고 화끈하게 논 것도 아니었다. 클럽을 가 본 적도 없고, 소개팅을 해 본 적도 없다. 27살이 된 지금까지도 클럽을 가 본 적이 없고, 소개팅 역시 한 번도 안 해 봤다.  논다고 해봐야 같이 다니던 몇몇 친구들과 노래방, 학교 근처 술집 등을 다니던 것이 전부였다.

21살이 되던 해에 약대에 진학하기 위해 본격적으로 PEET 시험을 준비하였다. 이 시기에 난생처음 무언가가 되고 싶다는 생각을 했다. 약대 입학이라는 꿈을 위해 강남에 있는 학원까지 학기 중엔 왕복 2~3시간 버스를 타고 다녔다. 버스 안에서도 책을 읽었다. 버스가 너무 흔들려 눈이 아프면 눈을 감고 이어폰으로 강의를 들었다. 방학 땐 이동 시간을 줄이려고 학원 근처 고시원에서 공부를 했다.

역삼역 근처였는데 방이 너무 좁아서 발을 끝까지 뻗으면 발 끝이 창문을 지나 건물 밖으로 나갈 정도였다. 방 안의 화장실 역시 너무 좁아서 머리를 감으려면 몸의 절반이 화장실 밖으로 나왔다. 그런 방의 월세가 거의 100만 원 가까이 하는 걸 보고 정말 많이 놀랐다.

'아, 여기가 말로만 듣던 강남이구나.'

고시원에서 밥과 김치를 제공해 줬는데 주머니 사정이 넉넉지 않아서 항상 거기에다 근처 마트에서 사온 통조림이나 간단한 반찬 한두 가지 정도를 더해서 방 안에서 책을 보면서 식사를 해결했다. 밥 먹을 때를 포함해서 깨어 있는 시간에는 항상 공부 생각밖에 없었다. 밥도 배가 고프면 안 되니까 먹은 거지 사실 밥 먹는 시간도 아까웠다.

공부하는 시간 이외의 모든 시간이 다 아까웠다. 아침잠이 많은 편인데 그땐 신기하게 오전 8시만 되면 눈이 저절로 떠졌다. 집중에 방해가 될까 봐 일부러 친구들이 다니지 않는 학원에 등록하여 혼자 다니고 학원에서 친구도 사귀지 않았다. 괜히 밥 친구라도 만들었다가 공부에 방해가 될까 봐 밥도 혼자 먹었다. 그야말로 자발적 혼밥족이었던 거다.  한번은 학원 근처 김밥집에서 김밥을 먹었는데 세 줄에 만 원이 넘는 것을 보고 정말 깜짝 놀랐다. 그러고는 다시 한 번 되뇌었다. '그래, 여기는 강남이었지….' 그다음부터는 근처 백반집이나 학원 옆 편의점을 이용하거나, 학원 바로 옆에 있는 떡집에서 떡을 두어 개 사서 끼니를 때웠다.

내가 유일하게 말을 하는 건 자정이 넘어 새벽에 도서관에서 나와 고시원으로 돌아가는 길에 친구나 부모님과 전화 통화를 할 때였다. 길지 않은 시간 동안이라도 밤하늘 별을 보며 그날 있었던 소소한 일들에 대해 수다 떠는 것이 유일한 즐거움이었다. 물론 공부하는 게 재미없었다는 말은 아니다. 공부도 그 나름의 재미가 있었지만 하루 종일 나 혼자만의 시간을 보내다가 목소리로나마 다른 사람의 온기를 느낄 때의 심리적 따스함은 마음을 참 포근하게 만들어 줬다.

자격증 공부나 입학시험을 앞두고 인터넷 강의를 듣는 것으로 충분한지, 강남의 유명한 학원에 가는 것이 좋은지 물어보는 친구들이 많다. 특히 지방에 사는 친구들의 경우에 이런 고민을 많이 하는데, 본인이 정말 의지가 강하고 목표가 뚜렷하다면 굳이 타지까지 가서 나처럼 고생할 필요는 없다. 하지만 도움이 되는 부분은 있다. 다른 사람들이 얼마나 열심히 공부하는지 피부로 직접 느낄 수 있기 때문이다.

오전 9시 수업 시간에 앞자리에 앉기 위해서 한두 시간씩 일찍 와서 가방을 놓고 아침을 먹으러 간다거나 교실 앞에 쪼그려서 공부하는 모습은 지방에서 온 나에게 신선한 충격을 던져 주었다. 그런 친구들을 보면 동기 부여가 많이 된다.

약 9개월간 이런 생활을 했는데 힘들다는 생각을 한 적이 한 번도 없다. 약대 입학을 정말 하고 싶었기에 매일 밤 도서관에서 나올 때 나 자신에게 부끄럽지 않을 정도로만 공부하자고, 하루 10시간만 집중하자 다짐했다. 집중하자고 맘먹었던 '10시간'은 책상에 앉아 있는 시간이 아니다. 책상에 앉아 있는 시간만 따지자면 하루 15시간도 넘었다. 10시간은 제대로 몰입해서 공부할 수 있는 시간을 말하는 것이다.

그해 9월 PEET 시험을 무사히 치르고 예비 6번으로 간신히 영남대학교 약학 대학에 입학했다. 솔직히 공부한 시간에 비해

높은 점수를 받은 것은 아니었지만 그냥 내가 열심히 해서 하늘이 도왔다고 생각한다. 당시 9번까지가 합격 커트라인이었던 걸로 기억한다. 아무리 노는 것에 별 관심이 없고, 공부하는 것에 거부감이 없다고 해도, 모두와 떨어져서 나만의 싸움을 하는 상황은 썩 유쾌하거나 즐거운 시간이라고 볼 수는 없다. 때로는 흐트러지고 싶고, 때로는 공부가 아닌 다른 걸 하고 싶은 마음이 왜 없었겠는가. 하지만 흔한 말로 '피할 수 없으면 즐기면 된다.' 좁디좁은 고시원 방에서 변변치 못한 음식을 먹고, 하루 종일 말한마디 하지 않은 채 책만 들여다보고 있던 그 시간이 지나고 나니 아름답고 소중했다.

아마도 그 시간을 기꺼이 견딜 수 있었던 건 약대 진학이라는 뚜렷한 목표가 있었기에 가능했을 것이다. 꿈이 있다면, 반드시 하고 싶은 게 있다면, 그것을 위해 치러야 할 대가가 있지 않겠는가.

붐바스틱

황정민, 강동원 주연의 영화 〈검사외전〉이 한창 관객몰이를 하고 있던 때였다. 영화에서 강동원이 〈붐바스틱〉에 맞춰 춤을 추는 장면이 등장한다. 특별한 옷이 아니다 보니 거의 동일한 복장을 입고 영상을 만들었는데, 이게 처음으로 '좋아요'가 10만 개를 넘었다. 그때 기분이 참 묘했다. 그런데 원본 영상과 비교해 보고는 강동원 씨의 비율이 얼마나 좋은지 실감했다는 거! ㅠ.ㅠ

혼자이길 즐겨도
혼자만일 수 있는 사람은 없다

나는 주로 내 자취방에서 영상을 찍는다. 처음에는 이런저런 시노들을 해 보기도 했지만, 나만의 스타일이 확실해지고 난 다음부터는 주로 무엇을 어떻게 찍을까 혼자 구상하고, 혼자 동영상을 찍고, 혼자 편집해서 올린다. 자취방에 혼자 있는 것을 즐기기도 한다. 하지만 평생을 그렇게 살 수는 없다. 세상에 절대 홀로 살아 갈 수 있는 사람은 없다. 그리고 나 역시 나혼자 열심히 해서 여기까지 올 수 있었다고 생각하지 않는다. 천상천하 유아독존 스타일은 너무 건방지다. 그리고 내 주변의 사람들은 크든 작든 내 인생에 영향을 미치게 마련이다. 무엇보다 내가 무엇이든 자신감을 가지고, 혹은 다른 잡념들을 가지지 않고 몰입할 수 있었던 것은 부모님 덕분이다.

어린 시절 우리 집은 형편이 그리 좋지는 못했다. 솔직히 말하면 많이 안 좋았다. 몇 가지 기억으로도 어느 정도로 힘들었는지 짐작이 가능할 것 같다. 초등학생 때 우리 집으로 건장한 형님들 몇 분이 찾아왔다. 영화에서 튀어나온 듯한 비주얼의 그들과 처음 마주쳤을 때 마냥 신기하기만 했다. 어린 마음에 그들을 보며 우리 집에서 영화 촬영을 하는 것은 아닐까 의심하기도 했다. 그후로도 금세 형편이 좋아지진 않았던 것 같다. 중학교 시절에는 학교 갔다가 돌아와 보니 온 집안 가구에 빨간 딱지가 붙어 있던 적도 있다.

물론 결국에는 잘 해결이 되긴 했지만 그렇게 힘든 상황임에도 불구하고 부모님은 나에 대한 지원을 조금도 아끼지 않으셨다. 세상 어떤 부모님이 자식 일에 주저하시겠는가만, 우리 부모님의 경우에는 그 정도가 좀 더했던 것 같다. 내가 하는 것은 거두절미하고 팍팍 밀어 주셨고, 밖에 나가서는 주머니에 돈이 두둑해야 기가 안 죽는다며 놀러 갈 때면 항상 용돈을 두둑하게 챙겨 주셨다. 집에는 항상 미납 고지서가 쌓여 있었고 부모님은 항상 돈 걱정에 하루하루를 지내셨지만 나는 한 번도 돈 걱정을 해 본 적이 없다. 오히려 굉장히 여유로웠다.

언제나 든든한 버팀목이 되어 주시려는 부모님 덕분이었다. 그런데 어떻게 보면 내가 지독히도 철이 없었던 까닭이기도 했다. 나는 집안 형편이 넉넉하지 않은 걸 알면서도 외면했다. 집이 아무리 어려워도 나는 항상 풍족했기 때문에 굳이 집안 형편이 어려운 걸 인식할 필요가 없었던 것이다. 뻔뻔하다고 할 수 있을지 모르지만, 내가 하고 싶거나 꼭 해야만 하는 일이 있을 때는 그것이 가장 우선이었기에, 나는 주변 사정이나 상황에 꽤나 둔감했다.

대학은 학기가 끝나고 이제 막 약대 시험을 준비하려고 이것 저것 알아보던 시기였다. 약대 입학시험을 위해 강남에 있는 한 학원에 상남차 방문했나. 그 학원에는 무슨 프리미엄 패기지 비슷한 과정이 있었다.

그 수업을 등록하고 첫 달 등록비, 교재비 등을 모두 합치니 거의 300만 원가량이 필요했다. 게다가 나는 강남역 근처의 고시원까지 구해야 했다. 상담을 받고 나오는 길에 어머니께 전화를 했다. 그러고는 단도직입적으로 "500만 원만 입금해 줘"라고 했다. "학원이 이러하고 방 값은 이러하니 얼마가 필요하다"라는 식의 말은 일절 하지 않았다. 그런데도 어머니는 이렇다 저렇다 묻지도 따지지도 않고 "그래 언제까지 입금해 줄게"라면서 "타지에서 힘들진 않고?"라고 내 걱정만 하셨다. 만약 내 자식이 이랬다면 당장에 청학동으로 집어넣어 버렸을 텐데…. 난 자식한테도 돈은 안 빌려 줄 거다.

아무리 생각해 봐도 그 당시 어머니는 500만 원이나 되는 돈을 마련할 수 있는 상황이 아니었다. 그런데 어디서 그렇게 큰돈을 구하셨는지. 지금에야 돌이켜 보면 그때 내가 왜 그랬나 싶고 정말 철이 없었다는 생각을 많이 하지만, 결과적으론 그렇게 해서 한 번에 합격했으니 해피엔딩이지 뭐! 역시 무한 긍정 마인드! 역시 이게 나만의 매력 아니겠는가. 💜💜

아무튼 나는 이 정도로 철이 없었고 나만 생각했다. 그러나 내가 하는 일에 아무 말 없이 무조건적인 지지를 보내 주시는 부모님 덕에 무엇이든 할 수 있다는 자신감을 가지고 무슨 일이든 추진해 나갈 수 있었다고 생각한다.

삶에 어떤 결과가 있고, 어떤 결실을 맺든 그것이 전적으로 나 혼자만의 능력으로 가능했다고 자만하지 않으려고 한다. 그리고 내가 살아갈 힘이 되어 주고 나를 지지해 주는 이들에게 늘 감사하면서 살려고 한다.

질리언

개인적으로 '리그 오브 레전드'를 좋아해서 재미있게 만들었다. 내 나름으로는 최대한 원작의 느낌을 살릴 수 있는 의상과 소품을 구입하고 촬영을 했다. 그런데 아무래도 원작이 애니메이션이기도 하고 의상들이 워낙 흉내 내기 힘든 것들이라 마음만큼 원작의 느낌을 잘 살리지 못한 것 같아서 아쉬움이 많이 남는다.

나는 내 방식대로
살기로 했다

누가 뭐래도 흔들리지 않을 정도로 나는 자존감이 강한 편이다. 세상 그 누구보다 나를 가장 사랑하고 세상은 나를 중심으로 돌아간다고 생각한다. 그리고 나는 소중하기 때문에 어디를 가든 내 몸의 안락이 최우선이다.

그렇다고 해서 모든 일에 내 편의만을 주장하거나, 내 의견을 드러내어 관철시키는 스타일은 전혀 아니다. 나는 웬만하면 주변 사람들과 의견 다툼이나 대립이 있을 때는 무조건 져 주는 편이다. 왜냐하면 나는 정말 무엇을 선택하더라도 관계가 없기 때문이다. 호불호가 거의 없어서, 요즘 흔히들 얘기하는 결정 장애 1급 아니 특급 수준이다.

본인 주관이 뚜렷하지 않고 '난 아무거나'라고 하는 친구들 중에는 정말 아무거나 관계가 없는 사람이 있고, 말만 그렇게 하는 답정녀가 있는데 나는 전적으로 전자에 속한다. 나는 정말로 아무거나 관계가 없어서 아무거나 하면 안 되는 친구들을 위해 양보를 해 준다. 그런데 답정녀들은 이런 내 행동을 두고 괜히 자기가 억지로 끌고 가는 것 같다고 생각하여 본인 생각을 주장하기를 주저한다. 이 세상 모든 답정녀들에게 고한다. 우리 아무거나충들은 정말 아무거나여도 관계가 없으니 부담 없이 리드하도록. 군말 없이 어디든 따라 갈 준비가 되어 있는 자들이라네.

이런 성격은 내 생활에서 전반적으로 드러난다. 가령 연애를 할 때에도 상대에게 무심한 편이다. 기념일을 챙기는 경우도 거의 없다. 사람들로 붐비는 걸 별로 좋아하지 않아서 크리스마스 같은 특정한 날에는 오히려 집에서 조용히 지내는 편이다. 하나부터 열까지 미주알고주알 다 챙기고 함께해야 하는 게 당연하다고 말하는 요즘 연애의 방식은 사랑이 아니라 집착으로 보인다. 집착과 사랑은 분명히 구분되어야 하고, 각자의 생활을 존중해 주어야 한다고 생각한다. 사랑을 위해서 무언가를 포기한다? 사랑은 맞춰 가는 거다? 나에겐 있을 수 없는 일이다.

나는 감정의 변화 역시 거의 없다. 가끔은 내가 나를 생각해도 이렇게 아무렇지 않을 수 있나 싶을 정도이다. 가장 최근에 운 게 언제인지도 잘 기억이 나지 않는다. 아마도 초등학교 입학 하기 전이 아닐까 싶다. 평소 영화 보는 걸 정말 좋아해서 개 봉 영화는 거의 다 챙겨 보는 편인데 지금까지 영화를 보면서 운 기억은 전혀 없다. 그나마 가장 울컥했던 영화가 〈국가대표〉였다. 마지막에 스 키점프를 하고 가장 존경하는 사람이 누구냐는 질문에 아버지라고 대답을 하는 모습에 코끝이 살짝 '찡'했더랬다.

이렇다 보니 뭔가 예상치 못한 상황이 닥쳤을 때 지극히 침착 하다. 예전에 두바이에 다녀올 때 대구에서 올라가는 KTX가 연착되는 바람에 공항으로 가는 공항 철도를 제 시간에 못 타 서 비행기를 놓치고 말았다. 공항에 도착해 보니 비행기는 이 미 떠난 지 한참 후였다. 보통 사람이라면 당황했을 법하지만 난 아무렇지 않게 카운터로 가서 표를 환불하고 다음 날 비행 기를 예약했다. 그러고는 친구한테 전화해서 비행기 놓쳤다 면서 점심을 같이 먹자고 했다. 스트레스를 받아 봐야 이미 떠 나간 비행기가 다시 돌아오는 것도 아니고, 지나간 것에는 하 나도 연연하지 않는다.

나는 집에 있는 것을 정말로 좋아한다. 쉬는 날에는 별일 없으 면 항상 집에 있고 먹을 것만 충분하다면 일주일이고 한 달이고 집 안에서만 지낼 수 있을 것 같다. 그러다 보니 친구가 그렇게 많지 않다. 꾸준히 만나는 친구는 중학교 친구 5명, 고등학교 친구 5명, 대학교 친구 5명 정도가 전부이다. '꾸준히'라는 것도 1년에 한두 번 만나는 정도를 말한다. 물론 처음부터 그랬던 것은 아니고 중학교, 고등학교를 갓 졸업했을 때는 늘 주변에 수많은 친구들이 있었다.

그런데 각자의 생활방식이 다르다 보니 자연스럽게 만나는 횟수가 줄어들 수밖에 없는 것 같다. 나는 술을 잘 마시지도 못 하고 술자리를 그렇게 즐기지 않는다. 그러니 모임을 주도할 리 만무하고, 친구들에게 먼저 연락을 하는 경우도 거의 없다. 어쩌다 모임이 있을 때 나가지 못하게 되더라도 각자의 사정대로 그럴 수 있다고 생각할 뿐이다.

사람들을 만나 어울리는 것보다 혼자 있고, 혼자 노는 걸 즐기는 편이다. 그리고 꼭 얼굴을 봐야 친구 관계가 유지되는 것은 아니지 않느냐는 생각도 아마 한몫을 했을 것이다. 내 생각은 이렇지만, 다른 친구들의 생각이 나와 같지 않다는 것은 알고 있다. 친구들은 항상 내게 얼굴 보기가 왜 이렇게 힘드냐고 말한다. 그런 말을 들을 때마다 나는 항상 얘기한다. 살아 있으면 됐지.

나랑 성격과 생각이 다른 친구들은 이런 내게 섭섭한 속내를 드러내기도 한다. 그런 친구들은 당연히 친구라면 특별한 일이 없어도 한 달에 한 번 이상은 연락을 하고 억지로 시간을 내서라도 만나야 한다고 생각한다. 그것이 우정의 증거이자 친구로서 상대에게 해야 할 도리라 여기는 것 같다. 그들의 생각이 틀렸다고 보지는 않지만, 그렇다고 정답도 아니지 않나.

물론 살아가는 데 있어서 인간관계는 중요하지만 나한테 맞지 않는 방법을 억지로 끼워 맞출 필요까진 없다고 생각한다. 사랑도 그렇고 친구 관계도 그렇고 내 방식에 맞지 않다며 나를 떠나는 사람은 절대로 붙잡지 않는다. 사람에 대한 애정이 없어서가 아니라, 억지로 맞추려 하다 보면 그게 서로에게 더 스트레스고 상대에게 상처만 줄 뿐이라고 생각하기 때문이다. 대신 남아 있는 사람들은 내 나름의 방식대로 정말로 최선을 다해서 챙긴다. 누구에게나 자신만의 방법이 있는 법이다.

인생의 선택에 타인의 말은 필요 없어.

- 〈은하철도 999〉 메텔 대사 중

사카모토

〈사카모토입니다만?〉이라는 일본 애니메이션을 원작으로 하여 패러디했다. 이 애니메이션은 예전에 어떤 분의 추천으로 보게 되었다. 처음에에는 별 기대 없이 봤다. 그래서인지 몰라도 정말 재미있어서 다른 편까지 모두 찾아보게 되었다. 일본 애니메이션 은 〈원피스〉나 〈나루토〉, 〈블리츠〉 정도만 대중적으로 알려져 있 는 줄 알았는데, 그건 내 생각일 뿐이었다. 영상을 올리고 나서 내 짐작과는 달리 많은 분들이 알고 계셔서 깜짝 놀랐다.

도전은 무한히,
인생은 영원히

내가 그렇게 경험이 많다거나 다이내믹한 인생을 살아왔다고 말할 수는 없다. 하지만 대한민국을 살아가는 지극히 평범한 한 명의 청춘이면서, 다른 사람들과 조금 다른 경험을 하면서 겪고 깨달은 것들을 자연스럽게 털어놓고 싶다. 지금까지 살면서 겪어 왔던 여러 시행착오나 지극히 현실적인 고민들은 나만이 아니라 많이 이들이 공감할 수 있는 것들일 거라 생각하기 때문이다.

SNS를 하다 보면 아마 이런 문구를 한 번은 들어봤을 것이다.

'학생이라는 죄로, 학교라는 교도소에서 교실이란 감옥에 갇혀, 졸업이란 석방을 기다린다.'

나도 마찬가지로 고등학생 때까지 이런 생각을 했다. 이런 생각을 하는 친구들은 이렇게도 생각할 것이다.

'우리에겐 꿈이 있고, 하고 싶은 일들이 있다. 그런데 우리를 왜 강제로 책상 앞에 앉혀서 일률적으로 시험을 보도록 하고, 9시간이고 10시간이고 공부만 시키는가. 우리는 공부하는 기계가 아니다. 우리는 다 각자의 꿈이 있는 사람들이다.'

그러나 이런 생각을 하고 있다고는 해도 학교라는 틀 안에서 뛰쳐나올 엄두를 내지는 못 한다. 시키면 시키는 대로 순응하면서 시간을 흘려보낸다. 3학년이 되어 수능 시험을 치른 뒤 대학에 진학한다. 대학생이 되면 늦은 밤까지 학교에 갇혀 있지 않아도 된다. 학교가 가기 싫으면 수업을 째도 되고 본인이 원하는 수업만 골라서 들을 수 있다.

학기 중이라도 시간표만 잘 짜면 일주일에 두세 번만 학교에 가도 된다. 1년의 3분의 2 이상을 오로지 본인만을 위한 시간으로 보낼 수 있다. 그 정도라면 꿈이 있는 사람이라면 충분히 자신의 꿈을 이루기 위해 방향을 설정하고 그 방향대로 달려나갈 수 있을 충분한 시간이 아닐까.

하지만 내가 지금까지 봐 왔던 선배들, 동기들, 후배들, 학창 시절을 같이 보내고 서로 다른 학과로 진학한 친구들의 모습을 보면 대부분은 내 짐작과는 전혀 다른 방식으로 대학 시절을 보낸 것 같다. 다들 과도 다르고 생활 방식도 다르기 때문에 본인만의 방식대로 본인의 길을 가고 있을 거라고 생각했다. 그런데 졸업할 때가 되어서 보니 너 나 할 것 없이 모두가 똑같은 길을 걷고 있었다.

지금까지 내가 봐 왔던 우리들의 대학 생활은 대부분 이렇다. 1, 2학년 때는 특별히 하는 게 없다. 대학에 왔으니까 미성년자라, 대학입시 준비하느라 못했던 것들을 무슨 한풀이하듯 해 본다. 미팅, 소개팅도 한번 해 보고, 술도 밤새 마셔 보고, PC방에서 밤새 게임도 해 보고. 그렇게 2년이라는 시간이 금방 지나가 버린다.

3학년쯤 되면 몇몇 친구들은 슬슬 취업 준비란 걸 시작한다. 학점 관리에 좀 더 신경을 쓰고, 성적이 안 나온 과목들을 재수강하고 각자 자기 과에 맞는 자격증도 준비해서 딴다. 물론 자격증을 따는 것 자체가 문제될 것은 없다. 정작 문제는 자신이 이 일을 왜 하는지 스스로 알지 못한다는 것이다. 그냥 선배들이 땄으니까, 취업에 도움이 된다니까 하는 것이다. 몇몇 친구들은 또 고시 준비, 공무원 준비를 한다고 신림동으로 가기도 한다. 그리고 또 대한민국 취준생이라면 누구나 한다는 토익 공부도 시작한다.

유명하다는 책들을 한 권씩 사서 덮어놓고 공부를 시작한다. 그러고는 하나같이 삼성, 현대, SK처럼 소위 대기업이라고 불리는 곳만 바라보면서 죽어라 달린다. 누가 시키지도 않았는데. 정작 자신이 그 회사에 들어간다면 무슨 일을 하게 될지 본인들도 모른다. 왜? 오로지 취업 자체만이 목표이기 때문이다. 그다음의 계획은 없다.

그러다 다행히 대기업에 입사하면, 친구들 사이에선 "와, 니 성공했네~!" 한다. 부모님도 "아이고 우리 아들, 우리 딸 장하다" 한다. 그러면 주변의 칭찬에 왠지 어깨도 으쓱해질 수 있다. 심지어 몇몇 학교에서는 '16년도 00기업 몇 명 배출'이라는 보고도 웃지 못할 플래카드를 붙여 놓기까지 한다. '연봉 많이 받고 대기업에 취업하면 성공한 선배, 중소기업 들어가면 실패한 선배' 취급하는 것이 우리의 현실이다.

그런데 어린 시절, 장래 희망을 물어보면 삼성맨 또는 엘지인이라고 적는 아이들이 있나? 그렇다면 왜? 학창 시절에는 그

누구도 원하지 않았던 회사원이 되고 싶고, 대학을 졸업할 때가 되면 어느 순간 대기업이 모두가 원하는 직장이 되어 있는 걸까? 물론 회사에 들어가는 게 나쁘다는 의미가 아니다. 당연히 본인이 원하는 일을 할 수 있고 뜻이 그곳에 있다면 당연히 그 회사를 가야 한다.

문제는 대부분이 그렇게 열심히 자격증을 따고 취업 준비를 하는 것이 본인이 진짜 이루고 싶은 꿈을 위해서가 아니라는 것이다. 대학을 다니는 4년이라는 시간 동안 본인이 하고 싶은 일이 뭔지, 잘할 수 있는 일이 뭔지 한 번도 생각해 본 적이 없는 사람이 의외로 너무나 많다. 본인이 무엇에 흥미가 있는지조차도 알지 못한다. 그러니 꿈을 이루기 위해 무언가를 실행해 본 적이 없고, 졸업 이후에 무언가 하기는 해야겠기에 다른 사람들이 다 가는 직장이 유일한 인생의 대안이 되는 것이다. 학교라는 울타리 바깥의 세상을 한 번도 경험해 본 적이 없기에 남들이 가는 길대로 가려고 한다. 그 길을 벗어나면 왠지 불안하고, 길이 없을 것만 같아서 두렵기 때문이다. 혹은 다른 길을 가는 모습이 이상해 보일까 봐 남들 눈치를 보거나.

물론 내가 다른 이들보다 더 의미 있고 가치 있는 대학 생활을 했기에 감히 이런 말을 하는 것이 아니다. 사실 나는 학사 경고를 두 번이나 받았다. 세 번을 받으면 제적이다. 학부 생활 중 A를 받아 본 적이 없다. 졸업 석차는 35명 중에 35등이다. 꼴찌다. 나는 게임을 좋아했다. 대학 생활 4년 내내 게임 이외의 것은 해 본 적이 없었다. 할 줄 아는 특기가 있거나, 특별한 취미도 딱히 없었다. 경험해 본 것도 거의 없었다. 그저 학교와 집이 내 인생의 전부였다. 어른들이 하라는 대로, 선배들이 걸었던 대로라도 걷는 친구들보다 훨씬 덜떨어진 삶을 살고 있었던 것일지도 모른다.

하루에 최소 10시간씩 컴퓨터 앞에 앉아서 게임하고, 예능 프로그램 보고 그렇게 4년을 집 안에서만 보냈다. 그러던 2014년 말의 어느 날이었다. 주말이었고 여느 날처럼 컴퓨터 앞에서 예능 프로그램을 보고 있었다. 유재석 씨가 나오는 프로그램이었는데 거기서 패널이 유재석 씨한테 이런 질문을 했다.

"유재석 씨는 살면서 가장 후회되는 순간이 언젠가요?"

그러자 유재석 씨는 이렇게 대답한다.

"나는 살면서 크게 후회되는 행동을 해 본 적이 없다. 다만 내가 20대 때 일이 잘 안 되고 할 일이 없을 때 침대 위에서 가만히 멍하게 보

낸 시간이 아직도 그렇게 후회가 된다."

그 말을 듣는 순간 무언가 묵직한 것으로 머리를 한 대 세게 얻어맞은 것 같은 기분이다.

그때가 25살이었으니까 20살부터 지난 6년간의 시간이 머릿속으로 스쳐 지나가는데, 마치 정지 화면처럼 배경이 똑같았다. 6년 동안, 20살 때와 25살의 내 모습을 비교해 보니 변한 게 하나도 없었다. 나는 내가 영원히 20살일 줄 알았던 것이다. 의미 없이 시간을 흘려보내고 있었을 뿐 한 걸음도 앞으로 나가지 않고 20살의 모습 그대로 그 자리에 있었던 것이다.

순간 6년이라는 시간을 잃어버린 것 같았다. 그리고 그렇게 보낸 시간이 너무 아까워서 눈물이 날 것 같았다. '컴퓨터 앞에서 보냈던 시간을 조금만 더 의미 있게 보냈더라면 내가 지금 얼마나 더 괜찮은 사람이 되었을까'라는 아쉬운 마음도 들었다.

그날 이후로 정말 뭐라도 하나 더 해 보고 싶어서 이것저것 도전하기 시작했다. 댄스 학원도 다녀 보고, 기타도 배워 보고, 이종격투기도 해 봤다. 하다못해 집에 있을 때는 가만히 있는 게 너무 싫어서 잠시도 쉬지 않고 노래를 부르거나 운동을 했다. 그리고 새로운 것들을 하나둘 하면 할수록 깊이 깨달은 사실이 있다.

"아, 정말 내가 우물 안 개구리였구나. 내 자취방이랑 학교 주변이 세상의 전부인 줄 알았는데 그 밖으로 나오니까 재미있는 것들이 정말 많구나."

당장 오늘부터 죽을 때까지 매일 매끼마다 다른 요리를 먹겠다고 작정을 했다고 치자. 그렇게 해도 이 세상에 있는 요리를 다 맛볼 수 없을 것이다. 요리라는 하나의 분야에만 평생을 투자해도 그 분야를 완벽히 다 알 수가 없는데, 이 세상에 내가 모르는 것들이 얼마나 많을까? 지금까지 시간을 헛되이 보낸 게 몹시 아쉬우면서 한편으로는 지금이라도 그 사실을 깨닫게 되어 정말 다행스러웠다.

청춘페스티벌 홈쇼핑

청춘 페스티벌의 티켓을 홈쇼핑에서 생방송으로 판매하는 자리였다. 홈쇼핑에서 공연 티켓을 판다는 점도 특이했고 언제 내가 또 생방송을 해 보겠냐는 생각이 들기도 해서 흔쾌히 출연하기로 했다. 소란의 고영배 씨, 성우 겸 방송인 서유리 씨와 같이 진행했는데 나름 재미있게 방송했다.

항상 혼자서만 촬영을 하다 보니 다른 사람과 같이하니까 새로웠고, 나를 찍어 주시는 다른 분이 있다는 것만으로도 정말 기분 좋았다. 비록 생방송 내내 반쯤 혼이 나가 있어서 아쉬운 점도 많았지만. 방송을 출연해 보니 역시 프로 방송인은 다르구나 싶었다. 기회가 된다면 다른 방송에도 많이 나가 보고 싶다.

청춘 페스티벌 포스터

나에게 주어진 길
찾을 수 있도록

나만이 할 수 있는 재미난 일이 뭐가 있을까 고민하다가 만난 세계가 SNS에 동영상을 찍어 올리는 것이다. 2014년 하반기부터 동영상을 찍은 지 1년이 조금 더 지났는데 개인적으로는 지난 25년 동안에 경험했던 것보다 근래 1년 동안 훨씬 더 많은 것들을 경험했다. 유세윤 씨랑 같이 뮤직비디오 작업도 해 보고, 내 이름으로 싱글 앨범도 내 보았다. 여러 나라에서 초대를 받아 그곳에서 팬미팅을 해 보기도 했다. 이 모든 것이 단지 1년 사이에 일어난 일들이다.

만약 새로운 변화를 시도하지 않았다면 나는 어젯밤도 새벽까지 게임을 하다가 잠들었을 거고 지금 이 시간에도 자취방에서 컴퓨터 게임을 하고 있었을지 모른다. 이전에는 정말 그냥 아무 생각 없이 매일의 시간을 보냈다면 요즘엔 하루하루

가 몹시 기대된다. 오늘은 또 무슨 일이 생길까? 다음 주, 다음 달에는 또 어떤 일을 하게 되고 누구를 만나게 될까? 1분, 1초가 내게는 정말 소중하고 앞으로 해 보고 싶은 일들도 많다.

지극히 평범한 대학생에서 지금처럼 새로운 삶을 살기까지 고작 1년밖에 걸리지 않았다. 이건 비단 나에게만 일어날 수 있는 일이 아닐 것이다. 누구나 자신의 꿈을 펼쳐 보려고 노력하고 새로운 길을 모색한다면 언제나 기회와 가능성이 열려 있으리라고 본다. 물론 인생 앞에 다가온 기회들을 잡아서 본인이 정말 원하는 꿈을 이룰 것인지, 어제와 똑같은 오늘, 내일을 보내면서 남들이 가는 대로 따라갈 것인지는 전적으로 자신이 결정할 일이다.

내가 요즘 좌우명처럼 생각하고 항상 마음에 담아 두는 문구가 있다. 하나는 아인슈타인의 말로 '어제와 같은 오늘을 살면서 오늘과는 다른 내일을 기대하는 것은 정신병 초기 증세이다'이다. 다른 하나는《혼자 행복해지는 연습》이라는 책에 나온 문구로, '남들처럼 살면 남들처럼밖에 될 수 없다'라는 말이다.

사람마다 타고난 재주가 다르고, 사람마다 각자 꾸는 꿈이 다

르다. 그런데 획일적인 틀 안에 우리를 가두려는 사회 분위기를 아무런 비판 없이 당연한 듯 받아들이고, 맹목적으로 공부를 하고, 스펙을 쌓으려고 하는 친구들이 너무 많아 보인다.

진심으로 물어보고 싶다. 왜 공부를 하고 왜 스펙을 쌓는지 단한 번이라도 진지하게 생각해 보았는가. 막연히 남들이 다 하기 때문에, 시험 기간이어서, 또는 성적이 나쁜 것보다 좋은게 좋으니까 하는 건 아닌가. 물론 성적이 나빠서 좋을 건 없다. 그러나 시험에서 몇 점을 받고, 몇 등을 했는지는 큰 의미가 없어 보인다. 1등은 늘 있어 왔다. 작년에도 있었고 재작년에도, 10년 전에도, 20년 전에도 있었다. 남들이 찍어 놓은 발자국을 그대로 밟고 가다 보면 그 길의 끝에서 만나는 내 모습은 너무나 뻔하다. 나보다 1년 먼저 입사한 선배님의 모습이나의 1년 뒤의 모습이고, 내 앞에 보이는 과장님, 부장님의 모습이 나의 10년 뒤, 20년 뒤의 모습일 수 있다.

그들의 10년 전, 20년 전 모습을 그대로 따라간다. 그들의 과거를 사는 것에 불과한 것이다. 남들이랑 똑같은 '스펙'을 가지고, 남들이랑 똑같은 길을 걷는데 똑같은 결과가 나오는 건지극히 당연하다. "나는 다르겠지"라고 생각할 수 있지만 슬프게도 그럴 일이 일어날 가능성은 거의 없다고 봐야 한다.

남들이 걸어가는 취업 시장에서 최고가 되는 법은 간단하다. 서울대 수석으로 졸업하고, 3개 국어 정도 유창하게 할 수 있고, 토익, 토플, 텝스 같은 시험에서 만점에 가깝게 받고, SSAT 같은 직업 적성 검사에서 만점을 받으면 최고가 될 수 있다. 그게 아니라면, 그 길에서 최고가 될 수가 없다면, 본인이 가장 잘 걸어갈 수 있는 길을 찾으면 된다는 게 내 생각이다.

많은 사람들이 인생의 전부인 것마냥 절대적이라 숭배하듯 매달리는 취업이 유일한 길이 아닐 것이다. 그건 사람이 살아갈 수 있는 수만 가지의 길 중 하나일 뿐, 그 이상도 이하도 아니라고 감히 말한다.

그리고 나는 믿는다. 어딘가에 나만이 최고가 되어 걸어갈 수 있는 길이 분명히 존재하리라는 것을. 그래서 나는 오늘도 나만의 길을 뚜벅뚜벅 걸어간다.

짱구

이 영상을 시작으로 애니메이션들을 많이 패러디했다. 애니메이션의 캐릭터의 비율이 대부분 비현실적이라 이것도 찍는 데 많이 애를 먹었다. 뒷주머니에 꼽은 EXO 포커 카드가 포인트!

미룰 수 없어!
〈미룰래〉

내 노래를 낸다는 것은 내 오랜 꿈이었다. 간절하면 통한다고
했던가. 정말 우연히 SNS에서 활동하고 있는 사람들과 작업
을 해 보고 싶다는 분들을 만나게 되어 내 노래를 만들 수 있
는 기회가 생겼다. 내가 노래를 특출 나게 잘 하지 않는다는
것을 누구보다 잘 알고 있기 때문에 진지하고 가창력을 요구
하는 노래보다는 그냥 편안하게 들을 수 있고, 들었을 때 힘이
되는 노래를 만들고 싶었다. 그리고 정확히 그런 노래가 나왔다.

곡 작업은커녕 녹음실에 가 본 적도 없었기 때문에 걱정을 많
이 했다. 그리고 녹음 당일 목도 풀 겸 처음부터 끝까지 노래
를 쭉 한번 불렀는데, 다 부르고 나서 들어 보는 자리에서 쥐
구멍이라도 숨고 싶었다. 물론 처음이기도 하고 긴장이 되어
서 그랬을 수도 있겠다는 생각도 할 수 있지만 노래를 들으면

서 부르는 것과 무반주 또는 MR만 틀어 놓고 부르는 노래는 정말 많이 다르다는 것을 그때 처음 알았다.

잠시나마 앨범을 낸다고 까불었던 내 모습이 조금은 민망해지기도 했다. 게다가 나 말고는 한자리에 있던 사람들이 모두 전문적으로 음악 일에 종사하시는 분들이었기 때문에 몇 배는 더 부끄러웠던 것 같다. 그래서인지 폐가 되지 않으려고 더욱더 열심히 했다. 다행히도 시간이 지나면서 긴장도 풀리고 목도 풀리면서 상황이 조금 나아지긴 했지만 녹음을 하는 내내 살얼음판을 걷는 기분이었다.

내가 전문적인 발성을 하는 게 아니기 때문에 한번 목이 쉬어버리면 정말 큰일난다라는 생각이 계속 들어서 내내 긴장한 채로 녹음했다. 작업을 하면서 가수 활동을 하시는 분들에 대한 존경심이 마구마구 솟아났다. 노래가 공개된 후에 협회 쪽에 내 이름과 노래를 등록하고 나니 뭔가 해냈다는 성취감과 함께 가슴이 벅차올랐다. 높은 언덕을 하나 넘은 듯한 그 뿌듯함이란.

한번은 우연히 시내를 지나다가 한 카페에서 내 노래가 나오는 걸 듣고는 친구들과 같이 한참을 그 앞에서 웃었던 기억이

난다. 난 정말 기분이 좋아서 웃었고 친구들은 웃겨서 웃었고. 레알 웃겨 죽으려고 함. 노래가 나오고 나서 얼마 동안은 "여기 어딘데 노래 나와요!"라는 내용의 메시지를 정말 많이 받았다. 그럴 때마다 정말 기분이 좋고 신기했다.

물론 일부러 찾아서 틀었을 리는 없고, 최신곡을 다 돌린 거겠지만 대한민국 어디에선가 내 노래가 흘러나오고 있다는 건 상상만 해도 기분 좋은 일이었다. 그리고 그게 내 노래인지 알아주는 사람이 그 공간 안에 있다는 것도.

지인들로부터 연락도 많이 받았다. 스트리밍 사이트에서 보고는 깜짝 놀랐다고. 한동안 친구들 사이에서는 1집 가수라고 놀림 아닌 놀림을 받기도 했지만, 그래도 항상 노래를 생각하면 왠지 모르게 기분이 좋다.

항상 생각으로는 기회만 된다면 또 앨범을 내고 싶다는 생각을 많이 하긴 하는데 한편으로는 우연히 노래를 들으시는 분들에 대한 예의가 아닌 것 같기도 하고 왠지 모르게 죄송한 마음도 든다.

하지만 또 기회가 온다면 고민 없이 "고!"를 외치지 않을까 싶다.

prod. by 칸초

미룰래

고희경(feat.허농)

Track
02

마법 같은

나는 나를 좋아해 주는
사람만 보면서 간다

애초에 나는 주변 일에 워낙 관심이 없다. 난 오로지 나에게만 관심이 있을 뿐이다. 주변의 어떤 것들도 한 귀로 듣고 한 귀로 흘린다. 그러다 보니 머릿속에 남아 있는 이야기가 없고, 기억하는 게 없으니 당연히 들었던 이야기를 다른 사람에게 옮기거나 전달할 수가 없다. 그것도 모르고 내 입이 무겁다 생각했는지 나에게 고민을 털어놓는 친구들이 많다. 친구들아, 미안. 사실은 그동안 그거 다 반대쪽 귀로 흘려 버린 거였어. 어차피 고민은 털어놓는 데 의미가 있는 거 아니냐. 서로 '윈윈'이라고 본다.

나는 무뚝뚝하고 말이 없기로 유명한 전형적인 경상도 남자다. 집안에서 입을 거의 열지 않아서 어릴 땐 부모님이 걱정을 많이 하셨다. 애가 밖에 나가서 친구가 있기나 한지, 친구들이랑 잘 어울리는지. 물론 중학교까지는 부모님의 걱정이 이해가 갈 만큼 실제로 조용한 아이였다. 하지만 고등학교 때부터는 전혀 그렇지 않았다. 하지만 나는 왠지 180도 변한 모습을 가족과 친척들에게 들키고 싶지 않았다. 그래서 집에서 또는 명절 때마다 항상 '얌전한 아이' 코스프레를 하고 있었다. 1년 전까지만 해도 가족이나 친척 모두가 내가 이런 애라고는 전혀 상상하지 못했을 것이다. 이젠 모든 게 밝혀져서 얌전한 아이 코스프레도 다 끝이 났지만!

아무튼 그러다가 작년쯤에 어머니와 함께 같이 시내에서 쇼핑을 하고 있었는데, 지나가던 일행 중 몇몇이 나를 알아보고 같이 사진을 찍자고 하는 것이었다. 어머니는 당황하셔서 이 사람 누구냐, 아는 사람이냐고 그분께 여쭤 보셨고, 그분은 친절하게도 내가 여러 SNS를 통해서 어떤 일을 하고 있는지 정말 상세하게 어머니에게 설명해 주셨다. 직접 동영상까지 보여 드리려는 걸 겨우겨우 말렸다.

그전까지 동영상을 찍으면 찍을수록 언제 들키게 될지, 들키면 어디서부터 설명을 해야 될지 막막했는데 정작 어머니는 담담했다. '우리 아들이 밖에서도 알아서 잘 하고 다니는구나. 쓸쓸하게 혼자 지내는 것은 아니구나'라고 안도하셨다. 그리고 신

기해하셨다. 아버지 반응도 마찬가지였다. 영상을 보시고는
"재미있네" 정도로 말씀하시고는 묵묵히 응원해 주신다.

아마 부모님이 반대를 하셨다고 해도 별로 달라질 것은 없었
을 것이다. 내가 워낙에 고집이 강하다 보니 주변에서 뭐라고
한들 내가 하고 싶은 일을 포기할 리는 없었을 거란 것이다.
물론 시도 때도 없이 무작정 고집불통인 건 아니다. 평소에는
되도록 져 주는 편이고 상대방의 뜻에 많이 맞춰 주려고 한다.
하지만 내가 옳다고 생각하는 일에는 거침이 없다. 아마 누구
도 말리지 못할 거다. 해야 되는 것은 무조건 해야 한다.

처음에 영상을 찍어 SNS에 올렸을 때 주변에서 안 좋게 보는
친구들도 있었다. 내 앞에서야 내색하지 않았겠지만 뒤에서 "걔
요새 왜 저래?", "부끄럽게 뭐 하는 거지?" 등의 얘기를 하고 다
니는 걸 건너건너 듣기도 했다. 그때마다 나는 이렇게 말했다.

"딱 1년 뒤에 보자. 그때도 네가 나를 부끄러워할지."

나는 내가 하는 일에 대해 자부심이 있었고, 자신감이 있었다.
그리고 그로부터 반년 뒤에 나를 안 좋게 보던 친구한테 문자
가 왔다.

"퇴경아, 요즘 정말 보기 좋다. 힘내라!"

어느 순간부터 주변의 시선이 달라졌고, 비난이 칭찬과 격려로 바뀌었다.

이런 일을 하면서 더더욱 느끼는 거지만, 내가 무슨 행동을 하든 내 주변의 모두를 만족시킬 수는 없다. 나는 나를 좋아해 주는 사람만 보면서 간다. 그 사람들을 챙기기도 벅찬데 나를 싫어하는 사람들까지 챙길 여유는 정말로 없다.

클릭, 차단, 확인, 끝!

인터넷상에서의 공격성을 표출하는 것은 본인의 삶에 대한 불만에서 기인한다는 걸 알기 때문에 상대해 줄 이유가 없다. 이 책을 읽고 있는 여러분은 배운 사람들이니 그러진 말자.

단비

예전부터 정말 많이 봐 왔던 애니메이션이라 항상 '언젠간 한번쯤 해 봐야겠다'라고 오랫동안 생각만 하다가 드디어 엄두를 냈다. 단비가 입을 옷이 많이 필요했다. 그래서 다 늦은 시간에 집 근처의 시장에 있는 옷가게에서 여자 옷이랑 액세서리를 이것저것 샀다. 도둑이 제 발 저리는 심정이랄까, 왠지 다른 사람들이 이상하게 보지는 않을까 싶어서 계산할 때 왠지 모르게 민망했던 기억이 난다.

재미있겠다,
한번 해 보자!

각종 인터뷰에서 빠지지 않고 나오는 질문 중 하나가 "영상을 찍게 된 계기가 무엇인가"이다. 그런데 딱히 콕 집어서 말할 수 있는 이유는 없다. 그냥 몇 가지 소소한 이유들이 있기는 하지만 그것이 결정적 이유라고 말하기는 곤란할 것 같다.

동영상을 찍게 된 중요한 계기는 정말 좋아하는 롤 때문이다. 나는 롤을 정말 좋아한다. 매 시즌 결승전은 빼놓지 않고 가는 편으로, 2014년 해운대에서 열렸던 결승전을 보러 갔다. 너무 배가 고파서 경기 중간에 컵라면을 먹고 있었는데 그 모습이 중계 화면에 잡혔다. 그때 경기를 관람하고 있던 사람이 3천 명 정도였던가? 내 모습이 비치는 화면을 보고 중계진을 비롯한 주변 사람들이 막 웃는 거였다. 그 순간 뭔가 말로 표현할 수 없는 쾌감을 느꼈다고 할까.

나는 활달한 성격이 아니어서 술자리나 여러 모임에서 항상 듣고 있는 편이다. 돌이켜 보니 내가 다른 사람의 이야기를 잘 들어주는 편이기도 하고, 살면서 웃겨 봤던 경험이 거의 없었다. 항상 남의 말을 듣고 웃기만 하던 내가 누군가를 웃긴다는 건 정말 새로운 경험이었다. 그 당시에도 부끄럽기보다는 나도 모르게 뿌듯했다. "와, 나도 다른 사람들을 즐겁게 할 수 있구나. 말로 웃기진 못 해도 이런 식으로 웃길 수도 있구나"라고 생각하면서 말이다. 그러면서 방송 쪽 일을 한번 해 보면 재미있겠다는 생각을 아주 막연하게 하기도 했다.

다른 계기가 하나 더 있다. 전약협 전국 약학대학 협의회에서는 1년에 한 번씩 전국에 있는 모든 약학대학의 대학생이 모여서 즐기는 축제가 있다. 내가 학부생일 때 UCC가 한창 유행했던 시절이라 그런지 축제 때 'UCC 콘테스트'라는 종목이 있었다. 그때 동기들 몇 명이랑 같이 빅뱅의 〈판타스틱 베이비 Fantastic baby〉  를 패러디한 작품을 제출했다. 그리고 거기에서 1등을 했다. 그렇게 행사가 끝나고 나서 심심할 때마다 그 동영상을 틀어 보며 당시를 회상했는데, 그러다가 문득 동영상을 이용해서 내 모습들을 기록해 놓는 것도 참 의미 있는 일이겠다는 생각이 들었다.

어릴 때는 사진첩의 사진으로 추억을 되새겼다면, 요즘엔 비디오카메라나 또는 휴대폰 카메라를 이용해서 동영상으로도 많이 남겨 놓으니까. 이런 동영상들을 많이 제작해서 20년 후 혹은 30년 후에 돌아본다면 나름의 소중한 내 재산흑역사이 될 것 같았다.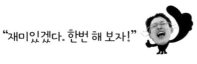

이것이 동영상을 촬영하여 개인 SNS에 올리는 계기가 되었던 것이다.

그러나 동영상을 만들어 올리면서 처음부터 많은 생각을 했던 것은 아니다. 지금처럼 많은 사람들이 사랑해 줄 거라는 기대도 없었다. 이런저런 백만 가지 이유를 댄다 한들 만족스럽지 못할 것 같다. 그냥 이게 전부다.

"재미있겠다. 한번 해 보자!"

소박하지만
특별한 데뷔

처음부터 무작정 동영상을 업로드한 것은 아니다. 한창 인터넷에서 재미난 동영상들을 찾아보는 것에 재미를 느낄 무렵, SNS의 한 그룹을 알게 되었다. 그 그룹의 특성상 그룹에 가입된 사람들만 그곳에 올라오는 게시물을 볼 수 있었는데, 그 그룹을 쉽게 설명하면 스스로 망가지는 모습을 보여 주고 공유하는 곳이었다.

주로 예쁘고 보기 좋은 것들만 SNS에 업로드하는 우리나라 사람들의 특성상 엽기적이거나 망가지는 류의 사진들과 동영상은 실친 *실제 친구*들의 눈총을 받기 쉽다. 그런 류의 포스팅을 하면 단박에 너 요즘 왜 이러냐며 걱정 아닌 걱정의 소리를 해 댄다. 그곳은 그룹 밖에서는 정상적이지만 그룹 내에서는 본인의 끼를 마음껏 발산할 수 있는 일종의 탈출구였다. 나도 처음에는 그 그룹에만 사진이나 영상들을 업로드했다.

여느 카페나 커뮤니티 사이트가 모두 그렇듯 그 그룹 안에서도 꾸준히 영상을 올리는 일종의 '네임드'들이 있다. 나도 꾸준히 영상을 올리다 보니 점점 그룹 내에서도 내 영상을 즐겨 보는 친구들이 생겼다. 그리고 자신의 친구들에게도 보여 주고 싶다며 내 개인 계정에 업로드를 해 달라는 요청을 몇 번 받게 되었다. 그리고 2014년 11월 12일, 처음으로 그룹 내에서가 아닌 내 개인 계정에 동영상을 업로드하기 시작하였다. 그룹 내의 친구들뿐만 아니라 내 실제 친구들, 동기들, 후배, 선배들에게까지 알려진 것이다.

인터넷에서 유명한 일명 '파 돌리기 춤'이라는 영상을 따라서 춤을 추었는데, 지금 보면 굉장히 화질도 안 좋고 허접하지만 당시에는 나름 신경 써서 열심히 찍었다. 파가 행여 모자랄까 봐 집 앞 슈퍼에서 넉넉하게 3000원어치나 샀다. 그렇게 첫 동영상을 찍어 업로드했고, 데뷔전치고는 반응이 생각보다 나쁘지 않았다.

첫 영상에 대한 반응이 안 좋았다면 아마 그게 마지막이었을지도 모른다. 무슨 일이든 처음이 어렵지 그다음부턴 쉽지 않

은가. 나 같은 경우엔 처음에 쉽게 출발한 편이기도 하지만, 애초에 깊게 생각을 하지 않고 일단 저지르고 보는 스타일이라 더 수월했던 것 같다. 일단 해 보는 거야. 안 되면 말고! ㅋㅋㅋ

그 이후로 꾸준히 업로드를 했고, 어느 순간부터인가 길을 지나다니다 보면 나를 알아보거나, 심지어 내게 다가와 "팬이에요"라면서 인사를 건네는 이들이 생겼다. 팬? 처음엔 내가 잘못 들었나 싶었다. 내 상식 수준에서 팬이란 연예인이나 스포츠 스타같이 아주 유명한 사람들에게만 해당하는 단어였기 때문이다. 지금도 여전히 그런 말을 들을 때면 "내가 이런 말을 들어도 되나" 싶다. 물론 감사한 마음이 가장 먼저이다.

사람은 적응의 동물이라고, 이제 팬이라는 단어에도 많이 익숙해졌고, 사람들과 같이 사진을 찍으면서도 어색하지 않게 포즈를 취한다. 하지만 사인을 하는 것에는 여전히 적응이 안 된다.

처음 누군가에게 사인을 해 주었을 때 일이다. 길을 가나가는데 어떤 분이 "사인해 주세요!"라는 것이었다. 그 순간 당황한 나머지 나는 "어… 없는데요…"라고 대답을 하고 말았다. 그날 1시간을 넘게 고심한 끝에 사인을 완성했다. 나름 멋있는 듯! 하지만 아직도 사인을 할 때면 왠지 모를 부담감에 시달린다. 내가 정말 사인을 해도 되나 싶어서…. 평소에 굉장히 자존감도 강하고 자신만만한 편인데 이상하게 사인을 할 때마다 부끄럽고 민망하다.

그러면서도 나를 좋아해 주는 사람들이 있음에 행복하고 감사한 마음이 가득가득!

북북춤

이 춤은 〈마법진 구루구루〉라는 애니메이션에 나오는 '북북춤'이
다. SNS의 메시지로 이 춤을 춰 달라는 요청이 왔는데, 처음에
애니메이션을 보고 적잖이 당황했다. 이 춤이 상의를 탈의하고
춘 최초의 춤이 되었다. 게다가 캐릭터가 대머리여서 대머리 가
발까지 구매했다. 가발도 보통 가발이 아니라 내가 직접 내 머리
에 맞게 잘라 쓰는 형태였다. 살다 살다 대머리 가발을 가위질하
게 될 줄을 누가 알았을까. 그러나 한 번 망가지는 게 어렵지 일
단 저지르고 나면 두려울 게 어디 있으랴. 최근에 여러 애니메이
션 패러디도 많이 하고 있는데 다 이 영상 덕분이다. 새로운 콘셉
트를 잡게 해 준 고마운 영상이다.

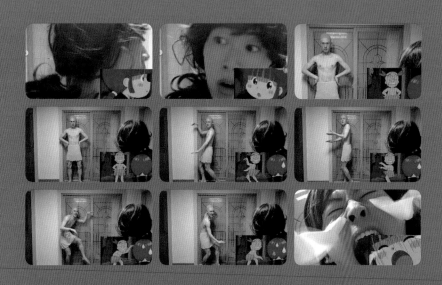

필리핀 춤따라하기

영상을 찍기 전에 고민을 많이 했다. 몸매가 드러나는 옷을 입거나 어느 정도의 노출이 있는 영상들은 많았지만 이번처럼 상의를 아예 입지 않은 채로 영상을 찍은 적은 한 번도 없었기 때문에 보는 이들이 거부감을 느끼진 않을까라는 생각이 들었기 때문이다. 마치 노출신을 처음 찍기 전의 배우처럼⋯. 한번 가면 다신 돌아올 수 없는 강을 건너는 것 같기도 하고. 그리고 그때가 한창 말랐던 때라 원래도 말랐지만 그때가 좀 심하게 말랐고 개인적으로 마른 몸보다는 좀 듬직한 몸을 좋아하기 때문에 이 영상을 찍고 자극받아서 앞으로 운동도 하자는 의미에서 촬영을 하게 되었다. 당시에 필리핀을 시작으로 동남아 쪽에서 선풍적인 인기를 끌던 영상이었는데 그쪽의 반응이 굉장히 좋았다. 그리고 원작자로부터 영상을 더 인기 있게 만들어 줘서 너무 고맙다는 메시지도 받아서 굉장히 뿌듯했다.

문을 열면
또 다른 문이 열리고

'영상을 찍어 올리면 좋겠다, 해 보자'라는 마음을 먹기는 했지만 막상 시작하려니 뭘 어떻게 찍어야 될지 전혀 감이 오지 않았다. 그래서 유튜브를 무작정 봤다. 다른 사람들은 어떤 소재로 어떤 식으로 촬영을 하고 편집을 하는지 나름 꼼꼼하게 모니터링했다.

모방은 최고의 창조라 하지 않았던가. 처음에는 그동안 본 영상들 중에서 괜찮아 보이는 걸 똑같이 따라하거나 한국식으로 조금 변형하여 찍기 시작했다. 동일한 동영상을 10명의 사람에게 주고 똑같이 찍어 보라는 미션을 주면 결과물이 모두 다 다를 수밖에 없다. 본인의 생각과 개성이 어쩔 수 없이 들어가기 때문이다.

그렇게 계속 동영상을 찍다 보니 점점 더 동영상에 내 색깔이 묻어나기 시작했다. 그러면서 어느 순간에는 누군가의 영상을 볼 필요가 없어졌다. 이렇게 해서 만들기 시작한 동영상이 노래를 이용한 것이었다.

처음에 주로 사용한 노래는 팝송이었다. 아무래도 내가 만드는 영상에 빠르고 딱딱 떨어지는 비트가 필요했기 때문에 EDM 쪽의 음악들을 주로 이용했다. 그러다가 어느 순간 케이팝K-pop을 이용해서 동영상을 찍는 사람이 없다는 것을 깨달았다. 케이팝을 활용하는 영상은 커버 댄스 정도가 전부였다. 팝음악을 이용해 영상을 만드는 사람들은 많았기 때문에 내가 케이팝을 이용한다면 케이팝을 좀 더 알릴 수 있지 않을까 하는 생각이 들어서 그 이후로 케이팝을 이용한 영상을 만들었다.

영상을 찍으면서 내가 가장 놀랐던 점은 케이팝을 즐겨 듣는 외국인들이 생각보다 정말 많다는 것이다. 실제로도 페이스북을 제외한 다른 SNS에서 내 동영상의 시청자들은 80% 이상이 외국인이다. 그래서 최근에는 요청에 의해 러시아와 카자흐스탄, 우즈베키스탄 등 중앙아시아에서 주로 사용하는 SNS인 VK와 중국에서 가장 큰 SNS인 웨이보에도 새로 계정을 만들었다.

지역마다 주로 사용하는 SNS가 다른데, 페이스북은 남미와 미국, 유럽, 대한민국에서, 트위터는 일본, 인스타그램은 동남아시아, 아프리카, 중동에서 VK는 러시아, 중앙아시아 그리고 웨이보는 중국에서 주로 시청한다. 물론 유튜브는 중국을 제외한 전 세계에서 두루두루 시청한다.

이렇게 케이팝을 이용한 음악을 만들다 보니 욕심이 생겨 좀 더 정교하고 고급스러운 음악을 만들어 보고 싶어졌다. 그래서 여러 가지 리믹스 프로그램에 대하여 공부했다. 그러다 보니 이제는 정말 내가 직접 만든 음악으로 동영상을 찍으면 좀 더 의미 있겠다는 생각이 들어서 믹싱도 조금씩 공부하고 있다.

혹시 아나? 몇 년 뒤에 내가 정말 유명한 프로듀서가 되어 있을지。

오로나민C

몹시 산만하고, 엄청 유치한 것 같으면서도 사람의 기분을 유쾌하게 만드는 오로나민C CF. 원작 CF가 워낙 유명했고, 약국에서 자주 본 제품이라 더 친숙했다. 이 영상의 반응도 꽤 좋았다. 입소문을 탔는지 이 영상을 본 동아오츠카 쪽에서 드링크제를 선물로 주시기도 하였다. 다음 광고에 출연할 수 있기를 대놓고 기대해 본다. 영상 안에서 입었던 호랑이옷은 다른 동영상에서도 가끔씩 입고 있다.

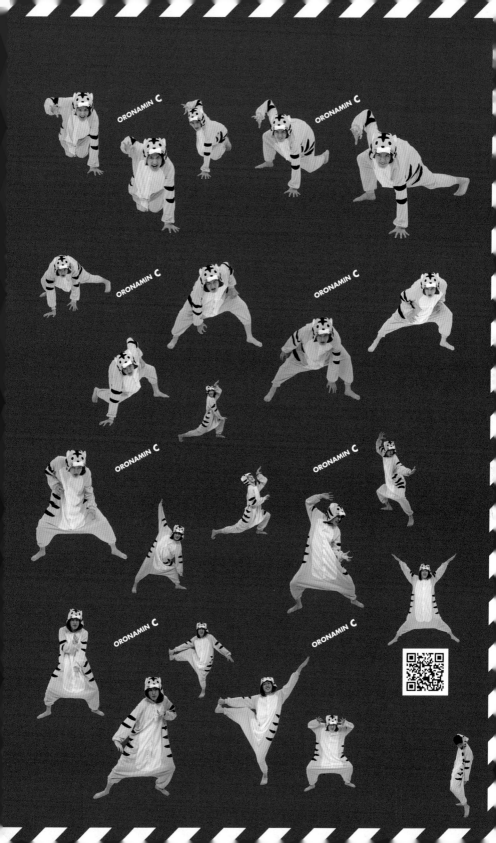

내 거인데
내 거 아닌 듯 내 거인

동영상을 올리는 데 있어 초창기에 많은 영감을 준 것은 바인 Vine이라는 앱이었다. 미국, 유럽의 경우 우리나라보다 훨씬 더 MCN Multi Channel Network, 다중 채널 네트워크 관련 사업들이 발달해 있기 때문에 1인 제작자들이 훨씬 많고 활동 범위도 넓다. 그중 대부분이 바인을 이용하는데 바인의 특성상 최대 6초 길이의 동영상밖에 올리지 못한다. 그 6초에 모든 상황을 함축해서 넣으려다 보니 짧고 굵은 재미난 영상들이 쏟아졌다.

유튜브에 '6초 동영상'이라고만 쳐도 당장 수천 개의 동영상을 볼 수 있다. 사람마다 스타일이 있는 것처럼 그들도 그들 나름의 동영상을 찍는 스타일이 존재했는데 그중 가장 재미있게 봤고, 또 나랑 잘 맞는다고 생각했던 것이 알렉산더 홀티 Alexander Holtti 라는 바이너의 동영상이었다. 페이스북 등에서도 '외국 이광수'로 꽤나 인기를 끌었는데 그 당시에 그는 사람들에게 정말 신선한 충격을 던져 주었다. 음악을 몸으로 표현하는 영상을 주로 찍었는데 보자마자 "아, 이거다"라는 생각이 들었다.

평소에 음악 듣는 것을 많이 좋아했기 때문에 특히나 아이돌 노래 케이팝 가수들의 노래로 이런 동영상을 만들면 나름 재미있겠다는 생각이 들어서 이런 쪽으로 동영상을 제작했다. 2014년도 말에 처음 올리기 시작하여 지금까지 2년 정도의 기간 동안 300여 편의 동영상을 만들었다. 그러다 보니 웬만한 아이돌 그룹의 노래는 한 번씩들 다 해본 것 같다.

거기에 동영상을 만들어 올리고 모니터링하면서 나만의 색깔이 덧대어 갔다. 이제까지 내 동영상을 봐온 분들이라면 잘 알겠지만 가장 기본적으로 '재미있고 신나는 것'을 추구한다. 거기에 시기에 따라 조금씩 변화해 가는 모습을 발견할 수 있을 것이다.

점점 더 많은 이들에게 알려지면서 동영상을 만들어 올릴 때마다 다양한 반응들이 온다. 그리고 특정 그룹의 노래로 동영상을 만들면 그 그룹의 팬덤으로부터 가장 먼저 피드백이 온다. 그중에는 자신이 좋아하는 아이돌의 노래가 나오는 것을 정말로 좋아해 주는 친구들이 있는 반면에 내가 주로 우스꽝스러운 표정과 몸짓으로 동영상을 만들다 보니 일부는 이를 별로 좋지 않게 보는 친구들도 있다. "우리 오빠들을 그런 식으로 표현하지 말라"는 거다.

물론 이를 좋게 봐 주는 친구들이 더 많기 때문에 신경은 쓰지 않지만 가끔은 조금 미안한 마음이 들기도 한다. 보통 아이돌 가수들의 팬덤이 수십만에서 많게는 수백만 명까지 있는데 절대로 그들이 다 내 동영상을 좋아할 거라고는 생각하지 않고 바라지도 않는다. 좋아해 주는 친구들을 바라보면서 만들 뿐이다.

한번은 모 가수의 팬으로부터 장문의 편지를 받은 적이 있다. 동영상을 재미있게 보고 있고 고맙지만 우리 오빠들 혹은 언니들의 노래를 가지고는 그러지 말아 달라고. 단순히 비방이나 욕으로 채워진 편지였다면 가볍게 무시했겠지만 글에서 소녀의 간절한 마음이 전해졌다. 더 이상 그 그룹의 노래로 영상을 만들었다가는 한 소녀의 순수한 마음을 짓밟는 것 같은 마음이 들어서 그 편지를 받고 반년 동안 그 가수의 노래는 쓰지 않았다.

그렇게 하니까 왜 우리 오빠 노래로는 동영상을 왜 만들지 않
느냐고 수많은 메시지가 왔다.

내가 어떻게 했으면 좋겠니?

고덕선

SNS는 사람들이 최신 트렌드를 가장 빠르게 접할 수 있는 곳이다. 그러다 보니 드라마를 보지 않는다 하더라도 당시에 뜨겁게 인기몰이를 하던 〈응답하라 1988〉을 모를 수가 없었다. 원래 TV를 많이 안 보기도 하지만 특히나 드라마는 〈미안하다, 사랑한다〉 이후엔 한 번도 본 적이 없다. 그런데 선풍적인 인기를 끌었던 〈응답하라 1988〉 패러디 요청이 워낙 많이 들어와서 만들어 보게 되었다. 드라마가 종영되고 시간이 좀 지났음에도 불구하고 반응이 정말 좋아서 깜짝 놀랐다. 많은 분들이 나와 비슷할 듯한데 이때 류준열 씨의 매력에 푹 빠져서 응팔 콘서트도 다녀왔다.

예상치 못한
꿈의 사이즈 UP!

문득 짧게 찍어 올리던 동영상을 한꺼번에 다 모아서 올려 보면 어떨까 하는 생각이 들었다. 일일이 클릭할 필요 없이 편하게 지금까지 찍었던 동영상을 한꺼번에 볼 수 있으면 좋을 것 같았기 때문이다. 그래서 4분여 정도로 동영상 20개가량을 합쳤다.

그 동영상을 올릴 때만 해도 별 기대는 없었다. 내 동영상들을 좋아해 주었던 분들에 대한 팬서비스 차원이었으니까. 그런데 운이 좋았는지 이게 반응이 좋아서 여기저기 많이 퍼졌다.

그 동영상으로 내 개인 SNS 채널에서만 조회수가 1000만 정도 발생했고 미국, 유럽, 러시아, 동남아, 일본 등의 해외 여러 매체에서 funny Korean guy로 많이 소개가 되었다. 국내 매체와의 인터뷰는 물론이고 일본 공영 방송사 NHK에서도 두 번에 걸쳐 소개가 되었다.

이 영상을 올리기 전까지만 해도 동영상 콘셉트를 정하고, 촬영하고, 편집하여 올리는 모든 일은 100% 순수하게 취미 생활이었다. 그런데 언론을 통해 여러 나라에 알려지고, 구독자가 많아지면서 영상을 만들어 올리는 데 대한 일종의 사명감이 생겼다. 그리고 책임감도 느껴지고. 물론 내가 재미있어서 만든다는 원칙은 변함이 없지만!

그래서 이제는 어떻게 하면 더 많은 사람들이 재미있게 볼 수 있을지 고민하는 것에 그치지 않고 어떻게 하면 더 많은 사람들에게 케이팝을 알릴 수 있을지를 고민한다.

이런 고민이 나름 가슴 뻐근한 결과로 이어졌던 에피소드가 하나 있다. 예전에 〈무한도전〉 가요제에 나왔던 〈맙소사〉라는 노래로 영상을 만든 적이 있다. 그 영상을 방탄소년단 멤버들이 보았던 모양이다. 방탄소년단이 한 케이블 프로그램에서 출연해서 〈맙소사〉가 나오자 영상에서 내가 춘 춤을 따라 추었던 것이다.

물론 우연히 춤이 겹쳤을지도 모르지만 왠지 성덕 성공한 덕후 이
된 듯한 뿌듯함이 밀려왔다. 게다가 이전부터 특히나 좋아했
던 그룹 멤버들이 내 춤을 따라해 주어서 기분이 더 좋았다.
랩몬스터 만세!

방탄소년단 노래가 동영상을 만들기에 최적화되어 있다고나
할까. 그래서 더 많이 애정하게 되고, 그들 음악에 맞춰 동영
상을 올리다 보니 많은 분들이 내가 아미 ARMY : 방탄소년단 팬클럽
또는 원스 트와이스 팬클럽이냐고 물어온다. 팬카페 가입의 유무로
따지는 거라면 가입은 하지 않았다. 가입 질문들이 너무 어려워서…. 농담
이다!  좋아한다고 해서 꼭 팬클럽 활동을 해야 할 필요가
있는 건 아니지 않나.

나는 내 방식으로 좋아하는 마음을 표현할 뿐이다. 아이돌의
팬덤은 그들 나이대의 문화인 거고 내 나이대에서는 또 우리
나름의 팬 문화가 있기 때문에 이를 침범하고 싶지 않았다. 이
해해 줬으면 좋겠다. 절대 질문의 답이 뭔지 몰라서 못 한 게
아니다. 그들 못지않게 가수들의 행보에 관심을 갖고 지켜보
고 있고 나는 나만의 방식대로 덕질을 하는 것일 뿐.

내 나이 또래 친구들은 물론이거니와 23~24살 정도만 되어

도 사실 아이돌 노래보다는 잔잔한 노래들을 많이 듣는다. 아이돌 그룹의 멤버 수와 이름까지 줄줄 꿰고 있던 시절을 지나 "어, 얘들 이번에 컴백했네? 오랜만이네 얘들" 하는 시기를 지나 "요새는 뭔 아이돌 그룹들이 이렇게 많냐! 이제 서로 구분도 못하겠다!" 하는 단계에 이른 것이다. 그러나 뭐든지 늦바람이 더 무섭다고…. 난 요즘에서야 그 행복을 서서히 알아 가는 중이다. 물론 학창 시절에도 소녀시대를 엄청나게 좋아했다.

아이돌의 컴백 날짜를 들으면 괜히 가슴이 설렌다. 그리고 자정이 되길 기다려서 새로 나온 노래를 들을 때의 행복감은 이루 말할 수 없다. 내가 동영상을 만드는 일을 하고 있어서이기도 하겠지만 요즘에는 노래를 들으면 '이 친구들이 이 앨범을 내기 위해, 이 무대를 서기 위해 얼마나 많은 노력들을 했을까' 하는 생각이 가장 먼저 든다.

아무튼 단순히 재미로 시작했던 일이 사람들에게 알려지게 되면서 이전에는 생각하지 못했던 새로운 꿈이 생겼다. 이 일을 시작하기 전에는 상상도 못했던 일들을 버킷리스트 안에 적어 놓고, 현실로 이룰 수 있으리라는 기대를 하게 되었다. 동영상을 찍기 시작할 때만 해도 내 자취방의 베란다 문을 여는 것이 전부였는데, 이제는 매일매일 새로운 세상의 문을 열어 가고 있다.

좀 건방져 보일 수도 있겠지만, 정말 진심으로, 이 순간에 본인들의 꿈을 위해 노력하고 있는 수많은 친구들, 이 책을 읽고 있는 친구들, 이 책을 읽다 지쳐 잠이 든 친구들 모두 본인이 원하는 바를 꼭 이뤘으면 좋겠다!

노력은 절대로 배신을 하지 않는다.

뿅!

파 돌리기춤

가장 처음 올린 영상이라서 개인적으로 큰 의미 있다. 어떻게 보면 지금의 나를 있게 해 준 영상이라고도 볼 수 있다. 아무래도 망가지는 종류의 영상이다 보니 올리기 전에 고민을 꽤나 했다. 하지만 염려했던 것과 달리 반응이 생각보다 좋았기 때문에 꾸준히 영상을 올릴 수 있었다고 생각한다. 그때 사람들의 반응이 냉담했다면 지금 다른 일을 하고 있었을지도…. 영상이 올라간 뒤에 주변 사람들로부터 "너 지금 뭐 하냐"는 등의 댓글과 연락을 참 많이 받았지만, 많은 사람들의 호의적 반응에 큰 힘을 얻을 수 있었다. 요즘 찍는 영상들과 비교해 보면 영상의 질에서부터 모든 것이 참 어설프기 짝이 없지만 무슨 일이든 시작이라는 게 있는 법이니까! 가끔 그때의 영상을 다시 보면 '지난 2년이란 시간을 헛되이 보내진 않았구나'라는 생각이 든다.

버킷리스트가 현실로,
인생은 아름다워!

20살 대학 수업 중에 내 미래에 대해서 써 보는 수업이 있었다. 그 수업에서 본인이 이루고자 하는 꿈을 10가지 적어 놓고 20년 후에 그 종이를 펼쳐 봤더니 신기하게도 그 10가지가 나도 모르는 사이에 이루어져 있더라는 얘기를 들었던 적이 있다. 그때 정성스럽게 작성하여 지갑 속에 고이고이 접어 놓았던 버킷리스트가 갑자기 났다. 7년 전 나는 무슨 생각을 하고 있었고, 무엇을 하고 싶어 했을까. 그리고 7년이 지난 지금 몇 가지나 이루어져 있을까. 궁금했다. 그래서 조심스럽게 지갑을 꺼내려는 찰나.

'아, 나 작년에 지갑 잃어버렸지!'

그래서 새롭게 버킷리스트를 만들어 보기로 했다.

그중 하나가 가수의 뮤직비디오에 출연해 보는 것이었다. 그런데 그것이 현실에서 이루어지는 데 그리 많은 시간이 걸리지 않았다. 많은 분들이 아시다시피 유세윤 씨의 〈혼자 왔어요〉의 뮤직 비디오를 내 자취방에서 촬영했기 때문이다. 막연히 "내가 출연하게 된다면 어떤 가수가 좋을까?"라고 생각하면서 두 그룹을 마음속에 담아 두고 있었다. 노라조와 유브이. 그런데 그 막연했던 꿈이 이렇게 금방 이루어질 줄은 몰랐다.

2016년 1월에 유세윤 씨가 대표인 광고백이라는 곳에서 연락이 왔다. 이번에 새로 신곡이 나오는데 뮤직 비디오 작업을 같이하고 싶다고. 연예인과 이렇게 직접 만나는 건 처음이라 신기했다. 실제로 만나서 두세 시간 정도 같이 작업을 하면서 정말 좋은 형 같다고 느꼈다. 정말 재미있고 좋은 형. 뮤직비디오의 반응도 나름 좋았다. 저예산에 마치 약을 빨고 만든 듯 연출이 뛰어나다는 평을 받기도 했다.

이런 식으로 유명세를 치르다 보니 버킷리스트에 없는 예상치 못한 사랑을 받기도 했다. 나는 지금 영남대학교에서 석사 생활을 하고 있다. 팬들 중에 학교 연구실이나 약대 쪽으로 찾아오시는 분들이 종종 있다. 내가 영상 촬영을 할 때 가발을 자주 쓰니까, 촬영할 때 쓰라면서 가발을 주고 가신 분도 있고, 잘 어울릴 것 같다며 촬영에 필요한 여러 소품이나 의상들을 보내오는 분들도 종종 있다. 본인이 누구인지 밝히는 분도 있고, 익명으로 보내 주시거나 그냥 약대 어디어디에 놓아두고는 메시지로 어디 뒀으니 가져가라고 연락 주시는 분들도 많다. 그분들께 이 자리를 빌려 감사하다는 말씀을 드리고 싶다.

이루어지진 않았지만, 그래도 희망적인 사건도 하나 있었다. 한번은 전현무 씨와 강민경 씨가 나오는 오로나민C의 광고가 재미있다고 생각해서 패러디를 한 영상을 올렸다. 원본 영상이 워낙 재미있기도 했지만, 내가 찍은 영상도 나름 재미있게 나와서 반응이 꽤 좋았다. 그 소문이 이 영상이 제작사인 동아오츠카 마케팅팀까지 닿아서 감사하다며 오로나민C와 각종 음료들을 선물을 보내왔다. 내심 오로나민C 광고도 찍게 되는 게 아닐까 김칫국을 잔뜩 들이켰는데, 아쉽게도 그런 일은 없었다. 그래도 절대 실망하지는 않는다. 언젠가 또 다른 기회들이 주어질 거라 생각하니까!

이렇게 내가 책을 쓰게 된 이유도 어찌 보면 정말 사소한 일에서부터 시작되었다. 영상 중에서 책이 필요한 장면이 있었는데 마침 옆에 있던 책이 넥서스 출판사의 《Enjoy 두바이》라는 책이었다. 별 생각 없이 그 책을 이용해 영상을 찍었는데 그

영상을 본 넥서스 관계자분으로부터 연락이 왔고, 그게 인연이 되어서 내 이야기를 담은 책을 쓸 수 있게 되었다. 내 책을 쓰는 것도 버킷리스트 중 하나였는데 이렇게 빨리 이루어질 것이라고는 상상도 하지 못했다.

욕심을 부리는 건 아니지만, 이렇게 하나둘 현실이 되어 내 삶에 이루어지는 경험들을 한다는 건 참으로 짜릿한 일이다. 앞으로 또 무엇이 어떻게 이루어질까 기대하게 되고, 그래서 더 열심히 살게 되는 삶의 원동력이 되기도 하니 말이다.

아, 인생은 아름다워!

세상으로의 초대,
세계로 향한 발걸음

작년 말에 아랍에서 메일이 한 통 왔다. 아랍의 이마코 EMAKO, Organization that Encompasses Values of Emirati and Korean Cultures 라는 단체였다. 이마코는 한국 문화에 관심 있는 아랍 사람들이 모인 단체다. 메일의 내용은 2016년 2월에 이마코에서 주최하는 행사에 특별 게스트로 와 달라는 것이었다.

워낙에 걱정이 전혀 없는 성격이다 보니 메일을 보자마자 '아싸, 두바이!'라고 쾌재를 불렀지만 주변에서는 걱정이 많았다. 왠지 아랍이라고 하면 아직은 위험한 곳이라는 이미지가 있다 보니 그랬던 것 같다. 그러거나 말거나 나는 신이 나서 비행기에 몸을 실었고 3박 5일간 무사히 행사를 마무리하고 돌아왔다.

물론 어떤 행사든지 모두 감사하는 마음으로 다녀오지만 처음으로 해외 팬분들을 만나는 자리라 훨씬 더 의미가 있었다. 내 개인적으로야 큰 의미가 있지만, 연예인도 아닌 내게 팬미팅 제안이 들어온 게 마냥 신기했다. 그래서 주최 측에 나를 어떻게 알고 연락을 했는지 물어봤다. 그랬더니 우연히 아랍 쪽 관련 일을 하시는 분을 통해서 의뢰받아 제작한 동영상 때문이라는 것이었다.

얼마 전 아랍의 평화를 기원하는 간단한 동영상을 제작한 적이 있다. 좋은 의도로 진행했던 행사라 기쁘게 제작에 참여했는데 이 동영상을 보고 나를 알게 된 사람들이 많다는 것이었다. 이마코라는 단체가 공식적인 단체가 아니기 때문에 얼마나 행사에 참여할지 예상하지 못했다며 그럼에도 두바이까지 와 준 내게 몹시도 고마워했다.

두바이까지 가서 한 가지 아쉬운 점이 있다면 〈런닝맨〉 멤버들을 만나지 못했다는 것이다. 내가 두바이에 머물고 있을 때 SBS의 〈런닝맨〉 두바이 특집 편 촬영이 있었다. 〈런닝맨〉은 1회부터 꾸준히 챙겨 보는 프로그램이어서 촬영 현장을 정말 보고 싶었지만, 내가 귀국하는 날 새벽에 출연진이 두바이에 도착했기 때문에 정말 아쉽게도 멤버들을 만나 볼 수 없었다.

귀국편을 하루만 더 늦게 잡을걸, 정말 후회하며 애써 외면하고 내가 원래 가 보고 싶었던 버즈 알 아랍을 보러 갔다. 그런데 그곳에 도착한 순간 뭔가 심상치 않은 분위기가 느껴졌다. 뒤를 돌아보니 아니나 다를까 저쪽 먼발치에서 카메라들이 보였다.

유재석 씨와 지석진 씨가 같이 게임을 하고 있었고 팬들도 수십 명 몰려 있었다. 한달음에 뛰어가서 열심히 응원을 했다. 한국에서 촬영할 때보다는 상대적으로 사람이 덜 몰렸기 때문에 〈런닝맨〉에 출연하고 싶다는 내 버킷리스트가 드디어 이루어지려나!'라고 기대했다. 그러나 그곳에서 한 게임이 전부 통편집이 되어 버려 굉장히 아쉬웠다. 언제가 꼭 정식 게스트로 출연하고 말리라.

한번은 일본의 NHK에서 인터뷰 요청이 왔다. 시간상 일본에 가지는 못 했고 화상 채팅을 통한 인터뷰 형식으로 진행했다. 한국에서도 인기가 있었던 여러 동영상 모음을 일본의 한 트위터 유저가 트위터에 업로드를 했는데 이게 예상외로 대박이 터졌기 때문이다.

내 계정에 업로드한 것까지 합쳐서 총 10만 번 정도 리트윗이 되고 1500만 회 정도 노출이 되었던 걸로 기억한다. 이 일로 인해서 트위터 계정을 만들게 되었고 지금도 트위터 팔로워들의 대부분은 일본인이다. 그중 NMB48이나 LinQ 같은 아이돌 그룹 소속 친구들도 몇 명 있는데 열심히 하다 보면 나중에 한 번 음악 작업을 같이할 수도 있지 않을까? 김칫국 한 사발!

올해 초에는 미국에서 초대장이 날라왔다. CJ America에서 2016년도 KCON에 초대한다는 내용이었다. KCON은 CJ에서 주관하는 세계 최대의 K-culture festival이다. 2011년도 LA에서 시작되어 점차 규모가 커져 지금은 일본, 아랍뿐 아니라 2016년에는 유럽에 처음으로 진출하여 파리에서도 행사가 진행되었다. 올해 미국에서는 6월과 7월에 각각 뉴욕과 LA에서 진행되었는데 나는 그중 규모가 좀 더 크다고 알려진 LA에 참가하기로 하였다.

참가를 결정한 뒤에 주최 측으로부터 메일이 한 통 왔다. KCON 행사 중에서 어떤 세션에 참여하기를 원하는지에 대한 글이었다. 아무래도 한국의 문화를 전반적으로 아우르다 보니 뷰티, 한국의 드라마, 음악, 패션 등등 정말 다양한 카테고리가 있었다. 그중에서 유독 눈에 띄는 세션이 있었다. Meet & Greet. 일명 팬미팅.

한국에서도 해 본 적 없는 팬미팅을 한 번도 가 본 적 없는 미국 땅에서 연다⋯. 미국 땅을 밟기 전까지만 해도 하염없이 즐겁고 신나 있었는데 날짜가 다가올수록 걱정이 밀려왔다. 과연 사람들이 '나'를 보기 위해서 같은 시간에 있는 다른 프로그램들을 제쳐놓고 올까? 장소가 텅텅 비어서 민망해지면 어쩌지? 그런 걱정을 진즉에 했어야 하는데⋯. "와우, 팬미팅. 팬미팅한다! 헤헤헤, 미국. 미국 간다!"만을 연신 외쳐 대며 덜컥 Meet & Greet 세션을 신청해 버리다니⋯.

KCON 스케줄표에 있는 내 M&G 세션을 보면서 기뻐하는 것도 잠시. KCON이 한 달 남짓 앞으로 다가왔을 때가 되어서야 하나둘 현실적인 걱정들이 들기 시작했다. 무엇보다도 가장 큰 고민거리는 '과연 사람들이 얼마나 올까'였다. 그래서 조금이라도 나를 더 알리기 위해 영상도 많이 찍어 올리고 SNS들을 통해 홍보를 했다. 세션이 진행되는 장소가 그나마 작은 홀로 배정이 되었지만 마음 한구석에 있는 불안감은 떨쳐 버릴 수 없었다.

그러던 중 KCON이라는 어플리케이션을 알게 되었다. 행사 당일의 편의를 위해 특별 이벤트나 장소, 공지 사항을 알려 주고, 여러 가지 행사의 정보를 안내하는 어플리케이션인데 여기에 스케줄이라는 기능이 있다. 말 그대로 내가 특정 세션을 스케줄러에 담아 놓으면 시간에 맞춰 알람이 울리고 각각의 세션에 몇 명이나 스케줄을 등록해 놨는지 알 수 있는 기능이 었다.

마음 같아서는 그냥 모른 척하고 행사장에서 확인하고 싶었지만 그 사실을 안 순간부터 머릿속에서 도저히 다른 생각이 들지가 않았다. 제발 100명만 왔으면 좋겠다는 마음으로 반쯤 울먹거리며 어플을 설치해서 확인해 보았다.

그런데 웬걸?

내 세션에는 이미 500명이 넘는 사람들이 스케줄 등록을 해 놓은 것이었다. 이때가 행사 1~2주 전이었던 걸로 기억한다. 행사 전날에는 900명 가량으로 늘었다. 잘못 본 게 아닐까 몇 번이고 다시 확인해 봤지만 확실했다. 두 눈을 믿을 수가 없었고 정말 기분이 좋았다. 그 날부턴 정말 기쁜 마음으로 KCON 팬미팅 날만을 기다렸다.

KCON은 LA 레이커스의 홈구장으로 유명한 스테이플 센터와 바로 옆의 컨벤션 센터에서 열렸다. 나는 며칠 일찍 출국하여 샌프란시스코와 라스베가스를 둘러본 후에 행사 바로 전

날에 LA 행사장 근처의 호텔로 이동하였다.

이미 그 근처는 KCON의 열기로 가득하였다. LA 이외의 도시에서 오는 팬들도 많기 때문에 근처의 호텔들은 이미 팬들로 가득하였고 길거리에서도 저마다 응원하는 아이돌 가수의 티셔츠를 입고 그날 행사장에서 받거나 구매한 기념품들을 가득 들고 돌아다니는 친구들을 쉽게 볼 수 있었다. 지하철역에서 날 알아봐 준 팬 덕분에 호텔까지도 쉽게 찾아갈 수 있었고 다음날에 대한 기대를 가득 안고 잠자리에 들었다.

D-day!

컨벤션 센터에서 또 한 번 놀라움을 감출 수 없었다. 그곳이 미국인지 한국인지 모를 정도였다. 케이팝에 맞춰 춤을 추고 있는 친구들, 줄 서서 한국 음식을 맛보고 있는 친구들, 삼삼오오 모여 한국 드라마와 예능 프로그램을 시청하고 한국말로 대화하는 친구들로 가득했다. 그렇게 잠시 둘러보고 나니 팬미팅 시간이 다가왔다. 잔뜩 긴장해서 팬미팅 장소 앞에 도착하고 나서 한 번 더 놀랄 수밖에 없었다.

애초에 준비된 장소를 꽉 채운 것으로도 모자라 그 밖에까지 줄이 이어져 끝이 보이지 않았다. 나를 보면서 본인들의 눈을 믿을 수 없다는 듯 놀라고 환호하는 친구들을 보면서 나는 꿈을 꾸는 것만 같았다. 일부는 계속 카메라 셔터를 눌렀고 다른 친구들은 입을 가리고는 "Oh my god"을 연발했다. 지금 생각해도 정말 신기하고 기분 좋은 순간이었다.

예상보다 너무 많은 인원들이 몰려 세션 장소 중 가장 큰 방으로 위치를 옮겼으나 그마저도 다 차서 사람들이 행사장에 들어오지 못하고 말았다. 정말 전혀 예상하지 못했던 상황에 얼떨떨한 상태로 미팅은 시작되었다. 미팅은 질의응답과 인터뷰를 위주로 1시간 정도 진행되었다. 사실 이전에 이 자리를 어떻게 구성할지도 고민이 많았다. 내가 뭔가를 보여 줄 수 있는 것도 아니고 말을 재치 있게 잘하지도, 영어가 능숙하지도 않았기 때문이다.

그러나 막상 행사가 시작되자마자 그토록 고민했던 것이 얼마나 쓸모없는 짓이었는지 알게 되었다. 무대 뒤에 숨어 있다가 처음 등장했을 때의 환호성이 아직도 귓가에 생생하다. 내가 이런 대접을 받아도 괜찮을까란 생각이 들 정도로 정말 많이 환호해 주었다. 그렇게 대단한 얘기를 하는 것이 아닌데도 한마디 한마디에 너무들 좋아해 주어서 정말 감사하고 한

편으로는 더 열심히 해야겠다는 생각이 많이 들었다.

행사가 끝난 뒤에도 한동안 그 자리에 남아, 오신 분들과 같이 사진을 찍고 이야기를 나눴다. 그분들과 이야기하면서 가장 좋은 기억으로 남아 있는 것은 그분들의 한국 문화에 대한 애정이었다. 오히려 나보다 한국에 대해서 더 잘 알고 있고 관심 있어 하는 친구들을 보면서 그게 참으로 신기했고 내가 한국인이라는 사실이 뿌듯했다. 또한 그 친구들의 머릿속에 내가 한국이라는 이미지의 일부가 될 수 있다는 점이 그토록 감사할 수가 없었다.

대한민국, 사랑해요!

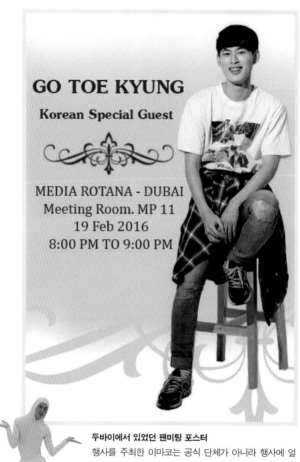

GO TOE KYUNG

Korean Special Guest

MEDIA ROTANA - DUBAI
Meeting Room. MP 11
19 Feb 2016
8:00 PM TO 9:00 PM

두바이에서 있었던 팬미팅 포스터
행사를 주최한 이마코는 공식 단체가 아니라 행사에 얼마나 되는 인원이 참석할지 예상하지 못했다면서 그곳까지 와준 나에게 고마워했다. 그러나 나는 연예인도 아닌 나를 좋아해 주는 사람들이 있고, 팬미팅 자리까지 갖게 되었다는 것만으로 마냥 기쁘고 감사했다.

한국 문화에 관심 있는 아랍 사람들이 모인 단체인 이마코의 초청으로 2016년 2월, 두바이에 다녀왔다. 연예인도 아닌 나를 만나고 싶어 하는 팬들이 있다는 것이 신기하기만 했다.

CJ에서 주관하는 세계 최대의 K-culture festival 인 KCON에 초대받아 팬미팅을 했다. 사람들이 오지 않으면 어떻게 하나 하는 나의 걱정과는 달리 많은 이들이 함께해 주어 너무나 감사하고 행복한 시간이었다.

내가 보지 못한 먼 바다의 끝,
그 세계와의 만남

다양한 간접 경험은 영상 제작뿐 아니라 나의 삶 곳곳에 많은 영향을 미친다. 한동안 오로지 게임에만 몰두했던 시절이 있었지만, 영화, 음악, 책 등과 같은 다양한 세계를 만나면서 내 동영상 제작 역시 더욱 풍성해졌다.

영화를 보면서도 무심한 편이었는데, 보다 보니 좋아하는 배우가 생기기도 했다. 특히 배우 류준열 씨를 좋아한다. 나를 포함하여 대부분의 사람들이 〈응답하라 1988〉이라는 드라마를 통해 류준열 씨를 알게 되었을 것이다. 한 작품으로 일약 스타덤에 올랐지만 그는 자신의 커리어를 착실하게 쌓아 온 배우이다. 최근 류준열의 유명세에 기대어 개봉했던 〈계춘할망〉,〈양치기들〉 같은 영화를 보면 그를 조연이라고 말하기에도 민망할 정도이다. 러닝타임 2시간 동안 그가 출연하는 분

량은 5분도 되지 않는 경우가 대부분이기 때문이다.

그러나 그는 비중이 크지 않은 역할이었음에도 불구하고 자신의 역할에 최선을 다해 온 까닭에 빛을 보게 된 것이 아닐까. 대부분 〈응답하라 1988〉을 찍기 전에 출연했던 작품들인데 공교롭게도 내가 영화 〈양치기들〉을 본 날 류준열 씨가 2016 백상 예술대상에서 TV 남자 신인상을 받았다. 내가 방금 본 영화에서의 모습과 TV에서 신인상을 받는 모습이 묘하게 오버랩되면서 '진심은 통하는구나, 간절하면 이루어지는구나'를 다시 한 번 느끼며 나도 정말 열심히 해야겠다고 다시금 생각하였다.

사실 최근까지 책을 거의 읽지 않았다. 독서의 필요성을 크게 느끼지 못하기도 했고, 고등학교 때 나름 공부를 정말 열심히 했다고 생각했기 때문이거나, 대학에 왔으니 놀아야 한다는 반발심 때문인지도 모르겠다. 책은 쳐다보지도 않았다. 그러던 어느 날 우연히 친구와의 약속에 시간이 좀 남아서 시간이나 때울 겸 근처 교보문고에 들어갔다. 책을 읽지 않으니 서점에 갈 일도 없었던 터라 서점이라는 공간 자체가 낯설기도 했고, 서점 안에 그렇게 많은 사람들이 있는 것이 신기했다. 그리고 '세상에 그렇게 다양한 분야의, 많은 책이 있구나'라는 것도 그날 처음 알았다.

저마다 집중하여 책을 고르거나 읽는 모습이 내가 몰랐던 다른 세상의 풍경처럼 느껴졌다. 그리고 굉장히 멋있어 보였다. 그 순간 내 자신이 뭔가 모르게 초라해지는 기분이었다. 그때 이런저런 책들을 펼쳐 보면서 지적 매력, 또는 뇌섹남, 뇌섹녀의 매력이 어떤 건지를 그날 알게 되었다.

특히 당시에 재테크에 관심을 가졌던 터라 재테크 책을 한 권 사들고 와서 그날 밤에 다 읽었다. 그 책을 읽기 전까지만 해도 요즘에 '인터넷 검색만 하면 다 나오는데 뭐 하려고 책을 읽나', '인생은 실전이다', '책 속에는 답이 있을 리 없다'라고 생각했던 내가 부끄러워졌다. 그 이후로 아무리 바쁘더라도 일주일에 책을 한 권씩은 꼭 읽자고 나와 약속했고, 다행히 아직까지는 잘 지키고 있다.

슬슬 벅차긴 하지만….

지금 이 순간 마법처럼
날 묶어 왔던 사슬을 벗어 던지고

나는 26살까지 해외에 나가 본 적이 단 한 번도 없다. 경제적인 여유가 없기도 했지만 비행기 값으로 200만 원씩 써 가면서 해외에 다녀오는 사람들을 이해할 수 없었다. 그 돈이면 옷이 몇 벌이고, 롤 스킨이 몇 갠데! 이건 외국을 한 번도 나가 보지 않은 사람들이 주로 하는 말이다. 물론 나도 그랬다. 옷을 사면 2년은 입고 롤 스킨을 사면 평생을 쓰는데 한 번 다녀오는 걸로 끝나는 소모적인 데에 왜 돈을 쓸까?

그러다가 2015년 8월이 처음으로 해외여행을 가게 되었다. 대학원엔 1년에 한 번 일주일간 방학이 주어지는데 그 기간 동안 집에만 있기엔 너무 아깝기도 하고 동기들 중에 여행을 좋아하는 친구의 주도 아래 자의 반 타의 반으로 4박 6일간 푸껫을 다녀오기로 한 것이다.

좀 과장하자면 내 인생은 푸껫을 다녀오기 전과 후로 나뉜다. 푸껫에 도착하여 공항을 나오는 순간 지난 4년간의 대학생활 방학 동안 한 번도 해외에 나가지 않은 걸 땅을 치고 후회했다. 눈에 담기에 벅찰 정도로 모든 풍경 하나하나가 몹시 새롭고, 그곳의 사람, 땅, 바다, 하늘 모든 게 그저 신기하기만 했다.

"아, 이런 세상도 존재하는구나."

지난해 8월 첫 해외여행을 다녀온 뒤로 이 글을 쓰고 있는 지금2016년 10월까지 여덟 번의 해외여행을 더 했다. 아랍에미리트, 일본, 베트남, 미국, 홍콩, 필리핀, 중국, 태국 처음 몇 번을 다녀온 뒤로 '적어도 한 달에 한 번은 해외여행을 하자'고 나름의 기준을 세웠는데 이 정도면 나름 잘 다녀왔다고 생각한다.

대학원 생활을 하고 있기 때문에 주말에만 시간이 나서 특별한 경우가 아니고서는 먼 곳을 다녀오기가 쉽지 않다는 점이 가장 아쉽다. 졸업하는 내년부터는 비교적 시간적인 여유가 많이 생기니 유럽일주를 꼭 한번 해 보고 싶다. 내가 목표로 하는 것 중 하나는 35살까지 'BBC에서 선정한 죽기 전에 꼭 가 봐야 할 여행지 TOP 50'을 모두 다녀오는 것이다.

사실 내가 대학 시절 해외에 나가지 못한 건 경제적 이유가 가장 크다. 용돈을 받으며 생활하는 내게 200만 원은 너무 큰돈이었고 부모님께 전화해 불쑥 200만 원을 달라고 할 정도로 철이 없지도 않았다. 그렇다고 악착같이 알바를 해서 200만 원을 모을 정도로 여행에 애정이 있지도 않았다. 하지만 지금 나와 같은 상황에 있는 친구들이 있다면 부모님에게 지원을 받아서라도, 알바를 열심히 해서라도 꼭 해외를 다녀오라고 말해 주고 싶다. 옷 몇 벌 더 사는 것보다, 클럽 몇 번 더 가는 것보다 훨씬 더 의미 있다고 감히 장담할 수 있다.

대학생 때는 시간이 많았지만 돈이 없었고, 지금은 돈은 있는데 갈 시간이 없다. 그나마 내가 하는 일이 비교적 시간적 여유가 많아 이 정도지 일반적인 회사에 다니는 내 친구들은 1년에 2번 이상 해외에 나가는 건 꿈도 못 꾼다. 게다가 가까운 아시아권이 대부분이고 거리가 먼 유럽, 미주권을 길게 다녀오는 것은 직장을 그만두지 않는 이상 불가능하다.

대학 초반 시절, 나는 저축을 전혀 하지 못했다. 제한된 용돈 내에서 모든 걸 해결해야 하니 따로 돈을 모을 여유가 없었고 항상 예산 내에서 아껴 가며 생활했다. 한 끼에 5천 원을 넘기면 안 되었고, 데이트하는 날 스테이크를 썰기라도 하면 계산

할 때 손이 벌벌 떨렸다. 끼니를 거르는 날도 많았고 항상 돈 문제에는 민감할 수밖에 없었다. 겉으로 내색은 안 했지만.

그러다 우연히 과외를 하게 되었고 용돈 이외에 정기적인 수입이 생겨 매달 저축까지 할 수 있게 되었다. 그러다 보니 이왕 아낄 거 조금 더 모아 보자는 생각이 들었고, 저축을 하다 보니 졸업할 때쯤 내 통장에는 수백만 원의 돈이 모여 있었다. 통장의 잔고를 보며 알뜰하게 살아온 내 자신이 기특했다.

그런데 내가 놓치고 있는 게 있었다. 졸업을 하고 일을 하면서 나는 2년 동안 악착같이 모았던 돈보다 더 많은 돈을 단 한 달 만에 벌게 되었다. 돈을 아끼느라 몸을 움츠리고 나의 행동 반경을 스스로 제한하다가, 그 틀을 과감하게 깨고 난 뒤의 결과였다. 그때 뼈저리게 느낀 게 있다. 무조건 아끼기만 한다고 되는 게 아니다. 오히려 놓치는 게 더 많을 수도 있다.

학창 시절 한창 돈이 없을 때, 친구들과 같이 밥을 시켜 먹으면 항상 그중 제일 싼 기본 메뉴를 찾기 바빴다. 가끔 가다 비싼 음식이라도 시킬 때면 겉으로 내색도 못하고 속으로 끙끙 앓았다. 그때 많이 생각했던 것이 "내가 나중에 아무리 돈을 많이 벌더라도 과연 한 끼에 만 원씩 하는 밥을 먹는 날이 올까?"였고 그때 나의 해답은 "아니요"였다.

"에이, 내가 돈을 아무리 잘 번다고 한들 돈 아깝게 무슨 한 끼에 만 원이야 만 원은. 그 이상은 사치야. 절대 안 돼."

하지만 신기하게도 그런 다짐을 한 지 2년이 채 되지 않은 지금 나는 한 끼에 만 원쯤 하는 식사를 자연스럽게 하고 있다. 내가 특별히 사회적으로 큰 성공을 거두었기 때문이 아니다. 경험이 늘고 선택의 폭이 넓어졌으며 그만큼 세상을 보는 눈이 달라진 것이다. 그리고 예전에 스스로를 묶어 두었던 만 원이라는 한계선이 오만 원 정도로 늘어난 것이다. 이제 몇 만 원짜리 밥을 먹고, 몇 십만 원짜리 옷을 사고, 몇 백만 원짜리 전자 기기를 사는 것에 크게 부담을 갖지 않는다. 돈을 더 잘 벌기 때문이 아니라, 내 삶에 대한 나의 기준선과 기대치가 달라졌기 때문이다.

몇 년 뒤 혹은 십 년 뒤의 나는 지금보다 더 나은 모습으로 살아가고 있을 것이다. 이것은 내일이 없는 것처럼 흥청망청하라는 돈을 쓰라는 의미가 절대 아니다. 물론 저축을 하는 습관은 중요하다. 하지만 분명 지금 과감하게 저지르고 경험해 봐야 할 세계가 있다. 그리고 그 세계를 경험하기 위해서는 용기가 필요하다.

용기

믿음과

과감

나만의 꿈,
나만의 소원

나는 사회생활을 그리 잘 하는 편이 아니다. 술자리를 즐기지도 않고 빈말을 잘 못한다. 소위 말하는 딸랑딸랑. 뭔가 부당한 것에 대해서 잘 참지도 못 한다. 옆에서 주먹다짐이 났는데 말리겠다고 먼저 나서서 끼어드는 그런 종류의 정의감이 넘치는 건 아니다.

예를 들면, 야근 수당을 받지 않고 일을 한다든가, 퇴근 시간이 돼도 상사의 눈치 보느라 퇴근을 못한다든. 난 그런 상황에 닥치면 그냥 집에 간다. 눈치가 없어서가 아니라 그런 문화가 굉장히 싫기 때문이다.

더군다나 얼굴 표정을 잘 숨기지 못해서 감정이 얼굴에 그대로 드러난다. 좋은 쪽의 감정은 잘 숨겨지는데 짜증나고 화나는 기분은 잘 숨기지 못한다. 정확히 말하면 숨기려고 노력하지 않는다. 내가 화나고 짜증이 날 정도라면 합리적으로 생각해 봤을 때 누가 봐도 정말 화가 날 만한 상황이라고 생각하기 때문이다. 평소에 화를 잘 내는 편은 아니다. 오히려 안 내는 편이다. 지금까지 살면서 그래 본 적이 손에 꼽을 정도니까.

앞서 말한 종류의 부당함과 관련된 쪽에 특히나 민감하지 그 이외의 것에는 한없이 자비롭다. 커피를 시켰는데 날파리가 빠져 있다? 그냥 먹는다. 파리라면 조금 문제가 될 수 있다.  음식을 주문했는데 30분이 넘도록 안 나온다? 기다린다. 어련히 빨리 안 만들고 있겠냐는 생각에서다. 물론 더 기다려도 기미가 보이지 않으면 종업원에게 우리가 주문했다는 사실을 정중하게 한 번 상기시켜 줄 필요는 있다. 화내고 재촉해 봐야 내 음식에 침 뱉기밖에 더 하겠나.

이런 종류의 부당함을 소비자 또는 손님의 권리랍시고 화를 내면서 막무가내로 행동하는 사람들을 우리는 진상이라고 한다. 그래서 음식 좀 빨리 받으면 좋은가?

서비스업에 한 번이라도 종사해 본 사람은 알 것이다. 손님이 하는 행동, 말투 심지어 돈을 건네는 몸짓 하나만 봐도 이 사람이 지금까지 어떻게 살아왔고 행동해 왔는지를 단번에 알아챌 수 있다. 그럴 때마다 "아, 나는 어디 가서 저러진 말아야겠다"라고 항상 생각한다.

대체로 평소에 또는 직장에서 대접받지 못하는 사람일수록 꼭 이런 곳에서 갑질을 하려는 성향이 강한데 혹은 주식 대박 친 졸부의 자녀가 아닐지 하나를 보면 열을 안다고, 네 인생이 그런 데는 이유가 다 있다. 아마 네 주변 사람들은 다 알고 있을걸?

아무튼 그래서인지 애초에 회사 생활을 해야 하는 쪽의 진로는 아예 배제했다. 약학 대학 진학을 희망한 것도 이와 같은 맥락에서이다. 나 혼자 힘으로 우리나라 특유의 조직 문화를 바꿀 수가 없다는 것을 알기 때문에. 보편적으로 사람들이 당연히 견뎌 내야 한다고 생각하는 것들, 사회생활, 단체 생활이라는 이유만으로 그런 불합리함이 용인되어야 하는 것이 너무 싫었다. "우리 회사는 원래 그래", "행정 절차상 어쩔 수 없는 거야." 이 무슨 말도 안 되는 소린가.

얼마 전까지만 해도 나는 헬조선이라는 단어를 굉장히 싫어했다. 대한민국에 사는 우리가 스스에게 자부심을 가져야지, 이런 식으로 표현해 버리면 되겠는가. 하지만 요즘에 뉴스 기사를 보고 들려오는 여러 소식들을 볼수록 그 단어가 이해되기 시작한다. 더욱더 절망적인 것은 나아질 기미가 아직까지는 보이지 않는다는 것이다.

사건이 하나씩 터질수록 어느 한 곳이라도 안 곪아 있는 곳이 없구나라는 생각을 자주한다. 어쩌면 그렇게 하나같이 철저히 본인의 이익만 생각할까? 그것의 반의 반만이라도 공공의 이익을 생각했다면 지금보단 훨씬 더 살기 좋은 나라가 되지 않았을까.

그런 사람들을 보면서 우리는 막 욕을 한다. 서민들 피 빨아먹는 XX 같은 놈들, 내가 그런 일 하라고 뽑아 준 줄 아냐, 내가 해도 그것보단 잘하겠다 등등. 하지만 내 생각은 이렇다. 막상 그 사람들이 그 자리에 앉게 되면 달라질까? 정말 청렴하고 부정부패라곤 찾아볼 수 없는 깨끗하고 청렴한 생활을 할 수 있을까?

이런 세상을 살아가면서 가장 중요한 것은 나만의 균형 감각을 잃지 않는 것이라고 생각한다.

기업 또는 어떤 단체에 들어가서 어떻게 하면 본인이 더 잘될

수 있을지, 내 몫을 더 챙길 수 있을지만 고민하는 사람은 당연히 욕을 먹어 마땅하다. 하지만 본인의 만사는 제쳐 두고 단체의 번영과 기업의 발전을 위해서만 노력하는 사람이 있다면? 그것도 정말 바보 같은 행동이라고 생각한다. 어느 누구도 그대가, 혹은 다른 누군가가 그렇게까지 하길 바라지 않는다. 만약 그러길 바라는 사람이 있다면 그건 정말 이기적이다.

모두가 청렴하고 깨끗하게 생활한다면 정말 이상적인 사회겠지만 안타깝게도 이미 많은 사람들은 특정한 상황의 경우에서 법이나 규정이란 건 지키는 사람만 손해라고 생각하고 있는 듯하다.

베푼다는 것은 당장 내게 여유가 있고 풍족할 때나 가능하지 내가 당장 힘들고 죽겠는데 남을 위해, 단체를 위해 희생하라는 건 너무 잔인하다. 공공의 이익보다는 본인의 이익이 우선시되어야 한다는 데는 전적으로 동의한다. 만약 누군가가 나에게 내가 사는 지역의 모든 사람들에게 1000만 원씩을 주는 것과 나에게만 500만 원을 주는 것 둘 중 고르라면 망설임 없이 후자를 선택할 것이다.

하지만 본인의 이익을 우선시하는 와중에도 최소한으로 지켜야 할 선이 있다. 하물며 그것이 많은 사람들의 생활과 밀접한 관련이 있다면 더더욱 그렇다. 높은 자리일수록 그만큼의 책임이 따르는 법인데 지금까지 지켜봐 왔던 많은 대단하신 분들께서는 이 최소한의 것마저도 지키기가 그렇게 힘드셨나 보다.

대한민국을 누구보다 사랑하고 자랑스러워하는 국민 중 한 명으로서 앞으로는 부끄러워 할 일보다 자랑스러워 할 일들이 더욱더 많았으면 좋겠다.

Track
03

너와 나,

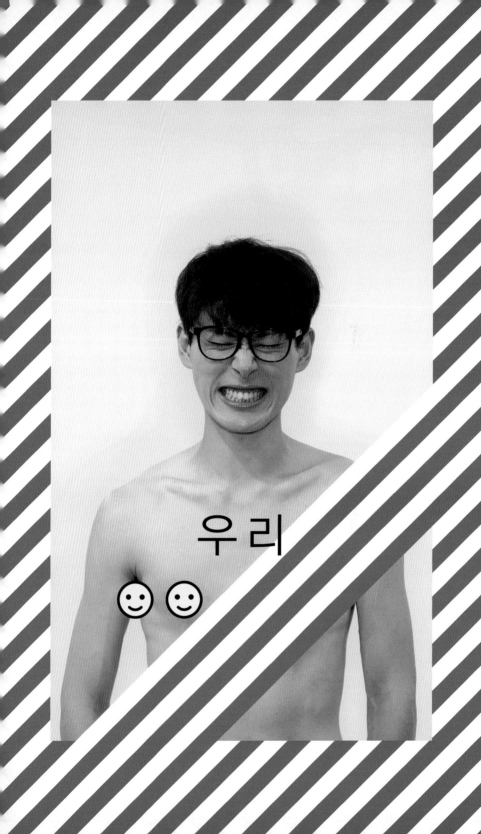

우 리

☺ ☺

내 생에 첫 책! 지금까지 살아오는 동안 내가 느끼고 생각한 나의 모든 걸 쏟아부으려고 노력했다. 그리고 최대한 재미나게 채우고 싶었다. 어떤 방법이 좋을까 고민 고민하다가 책을 통해서도 팬들과 소통할 수 있다면 좋겠다는 생각이 들었다. 그래서 언제나 '좋아요'와 댓글로 나를 응원해 준 많은 이들에게 사랑방 같은 공간을 책 안에 내어주기로! 그래서 SNS에 평소에 주고받지 못했던 재미난 질문들을 던져 주길 바라며 질문 요청 포스팅을 올렸다. Track 03의 질문들은 모두 거기에 올라온 것들이다. 질문한 친구들의 닉네임도 밝힌다.

책이라는 특성상 질문과 대답의 문체는 하나로 통일하고, 질문은 느낌별로 세 가지로 묶어서 정리했다. 질문을 던져 준 모든 분들께 감사드린다. 아울러 사정상 실리지 않은 분들께는 미안한 마음을 전하며 너그러운 마음으로 이해해 주시길 진심으로 부탁드린다.

고
퇴
경

GO

조금더알아가게!

박승현

원래 약사였다. 그런데 지금은 미디어 쪽에서 훨씬 유명하다. 앞으로 약사의 길은 포기하고 미디어 쪽으로만 일할 건가? 앞으로의 행보가 몹시 궁금하다!

앞으로의 나의 행방은 나도 전혀 알 수가 없다. 1년 전까지만 해도 내가 지금 이런 삶을 살고 있을 거라고는 상상도 하지 못했으니까. 나는 그때그때 하고 싶은 일에만 집중한다. 다른 건 하나도 생각하지 않는다. 재미있는 일을 놔두고 굳이 다른 일을 할 필요는 없다. 1년 뒤의 내가 여전히 이 일을 하고 있을지 아니면 약사 일을 하고 있을지, 여행자가 되어 있을지, UN 지구방위대가 되어 있을지는 1년 뒤의 나만이 알 수 있을 듯. 나도 그때의 내 모습이 너무 기대가 된다.

 이초원

여러 나라로 여행을 다니던데 이유가 뭔가? 단순히 즐거움과 휴식을 위해서인가 아니면 무엇인가를 깨닫거나 얻을 수 있어서인가?

즐거움과 깨달음, 이 두 가지 이유의 가운데 어디쯤 되는 것 같다. 나는 휴식을 위해 여행을 다니지는 않는다. 내가 살고 있는 자취방보다 더 편하게 쉴 수 있는 곳은 없을 뿐더러 괌이나 보라카이 등등 휴양지로의 여행도 크게 선호하지 않는다. 여행의 가장 큰 매력은 내가 가보지 못한 낯설고 새로운 곳을 가 본다는 것이다. 매번 같은 길, 아는 길만 다니다가 여행을 떠나면 그곳은 숙소 밖으로 한 발짝만 나가도 모든 것들이 처음 보는 것이기 때문에 새로운 세상을 탐험하는 느낌이 들어서 좋다. '견문을 넓힌다'라는 표현의 의미를 예전에는 몰랐는데 요즘에는 조금 알 것 같다. 여행지에서 딱히 뭐가 특별한 것을 보지 않아도 다녀오는 것만으로도 세상을 보는 시야가 조금은 더 넓어지는 것 같은 느낌이라고나 할까. 따지고 보면 그곳에서 보고 듣고 느끼는 모든 것들이 내게는 다 새로운 것이니까.

 박보람

살면서 돈이 가장 중요하고 필요하다고 느낀 때는?

 돈이 없어서 경유하는 비행기를 저가 항공으로 예매했을 때. 물질만능주의자는 아니지만 '돈만 있으면 다 된다'라고 느꼈던 적이 꽤 많았던 것 같다. 집안 사정이 그리 여유롭지 못했기 때문에, 더욱이 성공에 대한 욕구가 더 강한 편이라서. 나에게 있어서 '성공=부자'라는 공식이 어느 정도는 성립한다.

 임태환

전 세계적으로 유명세를 타게 되었다. 이렇게 세계에서의 자신의 영향력을 키워 나가며 해 보고 싶은 일이 있다면?

 케이팝과 한국을 사랑하는 사람으로서 한 명에게라도 더 한국에 대한 좋은 이미지를 심어 주고 싶다. '프랑스'라고 하면 '에펠탑'이 떠오르고 '일본'이라고 하면 '스시'가 떠오른다. 그렇다면 '대한민국'이라고 하면 외국인들은 무엇을 떠올릴까? 가장 많은 사람들이 싸이를 떠올리지 않을까. 이외에도 김치, 박지성, 아시아의 어느 국가 등등 각자 저마다의 계기들로 한국을 좋게 혹은 나쁘게 생각하고 있을 것이다. 나도 그들 중 하나가 되고 싶다. 물론 좋은 쪽으로.

나경

지금 현재 고퇴경에게 제일 중요한 1순위는?

 내게 항상 내 자신이 1순위이다. 이 세상에 나보다 소중한 존재는 없다.

김가람

만약 이사를 간다면 지금 집에서 찍는 배경을 어떻게 할 건가? CG 처리할 건가?

 나도 종종 그에 대해 막연히 생각해 본다. 언제까지 이 집에서 살진 않을 텐데, 이 집 배경이 사라지면 내 정체성마저 사라져 버릴 것 같은 느낌. 왠지 그냥 흰색 벽에서 영상을 찍으면 하나도 신이 나지 않을 것 같고…. 이사할 때 문짝을 뜯어 가면 주인아저씨가 화를 내실 게 분명하고…. 나름 최대한 비슷한 느낌이 들도록 인테리어를 할 생각이다. 언제가 됐든 정말 똑같이 생긴 나만의 촬영장을 만들 거다.

소연이

정말 행복하게 사는 것처럼 보인다. 어디에서 행복을 얻나?

 '특별히 무엇이 나를 행복하게 한다!'라기보다는 내가 불행하다고 생각한 적이 한 번도 없는 것 같다.

 황호경

돌아가고 싶은 나이가 있다면 몇 살?

설령 더 좋은 대학교에 진학할 수 있다고 하더라도 책상에 앉아서 공부만 했던 고등학교 시절로는 돌아가고 싶지 않다. 물론 학창 시절 친구들이 그립기는 하지만 그들과는 지금도 잘 만나고 있고 결정적으로 남녀공학의 아름다움을 이미 알아버렸기 때문이다. 갈 수만 있다면 20살이 되던 딱 그 시절로 돌아가고 싶다. 그래서 가장 먼저 군대를 다녀온 후에 돈을 모아서 세계 일주를 한번 해 보고 싶다. 노숙도 하고, 먹고 싶은 거 참아 가며 하는 세계 일주도 나름 의미가 있겠지만 좋은 곳에서 자고 맛있는 것만 먹으면서 아주 호화롭게 세계를 돌고 오고 싶다. 물론 돈을 많이 모아야겠지. 1억쯤 들고. 그리고 클럽에 가 보고 싶다. 아직 국내에선 클럽을 한 번도 가 본 적이 없다. 늦바람이 더 무섭다지만 지금 와서 그렇게 놀기에는 너무 늦은 것도 같고 전혀 놀고 싶지도 않다. 예전엔 노는 걸 참 좋아했던 것 같은데.

단정, 나보아

약사도 아니고 유명한 크리에이터도 아닌 상태에 놓여 있다면 이 두 가지 이외에 무엇을 하고 싶은가?

 지금까지 살아오면서 유일하게 꿈꿔 왔던 두 가지가 없어진다면 뭔가 허전할 듯. 그 두 가지가 아니라면 나는 무대에 오르는 사람이 되고 싶다. 노래를 하든, 악기를 연주하든, 춤을 추든 내가 할 수 있는 무언가로 무대에 서고 싶다. 물론 지금 동영상을 만들어 인터넷에 올리는 것도 일종에 사람들 앞에 서는 것이고, 화면을 통해서 내가 할 수 있는 것을 보여 주는 것도 짜릿하고 기분 좋다. 하지만 무대 위에서 관객들의 반응을 직접 느끼는 것은 어떤 기분일지 궁금하다. 정말 기분 좋을 것 같다. 지금부터 열심히 노력한다면 몇 년 안에는 이룰 수 있지 않을까.

 예진

'고퇴경'이라는 이름으로 살면서 가장 행복했던 때는?

 뭔가 이 질문에는 엄청나게 멋있는 답변을 해야 할 것 같은 부담감이…. 살면서 가장 행복했던 순간을 꼽자면 역시 약대에 합격했던 순간이다. 내가 처음으로 목표했던 것이 이루어지는 순간이었고 내 이름 옆에 떠 있던 합격이라는 글씨를 봤을 때 뭔가 엄청나게 기쁘다기보다는 '아…. 이제 됐다'라는 느낌? 지금까지의 모든 노력들이 보상을 받는 듯해서 정말 행복했다. 그러면서도 '내가 이 두 글자를 보자고 지금까지 그렇게 열심히 노력을 했나' 하는 뭔지 모를 허무함도 약간

은 있었다.

 권정현

서점에 갔는데 베스트셀러 Top 10 옆에 당신의 책이 있다. 그런데 책
이 쌓여 있다. 그것도 안 팔린 것처럼 엄청 많이! 기분이 어떨까?

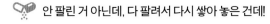 안 팔린 거 아닌데, 다 팔려서 다시 쌓아 놓은 건데!

성자연

결혼을 한다면 몇 살쯤?

 내가 아직 철이 덜 들어서인지는 모르겠지만 결혼은 막연히 멀게만 느껴진다. 지금은 내가 개인적으로 이루고 싶은 것들이 많아서 결혼까지 생각할 겨를이 없다. 그렇지만 특별한 일이 없는 한 결혼은 당연히 하게 될 것이라 생각하고, 인생에서 결혼을 잘하는 것만큼 중요한 일이 몇 가지 없는 것 같다. 그만큼 신중을 기해서 해야 한다고 생각하기 때문에 최대한 오래, 긴 시간 동안 연애를 한 후에 하고 싶다. 나이로 따지자면 30대 초중반은 넘어야 하지 않을까? 젊은 친구들의 결혼에 대한 생각이 기성세대들과는 많이 다르기 때문에(나도 마찬가지고) 결혼을 꼭 해야 할 이유도, 결혼 적령기라서 시간에 쫓길 이유도 없다고 생각한다. 결혼을 하게 됨으로써 두 사람 모두에게 플러스 요인이 되어야지 결혼을 위해 내 꿈을 포기한다? 그럴 거면 결혼을 왜 하나 싶다. 나이에 쫓겨서, 주변의 시선 때문에 결혼을 서두르는 게 나로서는 이해하기 힘든 일이다.

안수희

본인의 삶에 만족하고 최선을 다해 사는 것처럼 보이긴 하지만, 그래도 부러운 사람이 있다면?

 지드래곤. 따로 부가적인 설명은 굳이 필요하지 않을 것 같다. 20대라는 나이에 그렇게 세계적으로 영향력이 있다는 것이 정말 대단하고 존경받아 마땅한 인물이라고 생각한다.

 주성영

살면서 받았던 선물 중 가장 감동적이었던 것은?

선물을 자주 주고받고 하는 편이 아니다 보니 모든 선물이 감동적이지만 역시나 선물은 예상치 못한 상황에서 받을 때 가장 감동적이다. 한번은 내가 몇몇 영상에서 가발을 쓰고 나오는 걸 보고 가지고 있던 가발을 몇 개 넣어서 내가 있는 건물에 숨겨 두고는 어디어디 있으니 찾아 가져가라고 메시지를 남겨 주신 분이 있다. 직접 그린 그림을 액자에 담아서 국제 택배로 보내 주신 이탈리아 팬, 일본에 여행 왔는데 여기 과자들이 너무 맛있어서 보낸다며 보내 주신 팬 등! 아직은 선물을 받을 때마다 얼떨떨하기도 하지만 매번 정말 기분이 좋다. 받은 선물을 모두 잘 보관할 수 있게 빨리 넓은 집으로 이사 가고 싶다.

김동윤

만약 얼굴이 송중기같이 잘생겨진다면 지금처럼 그대로 영상을 찍을 건가, 아니면 연예계로 진출할 건가?

지금도 연예계 쪽에서 불러만 준다면 언제든지 달려갈 준비가 되어 있다. 딱히 연예인이 꿈이기 때문이라기보다는 '연예인의 삶은 어떨까?' 하는 궁금함이 있다. 많은 사람들은 경험해 보지 못하는 분야이기도 하고 원래 이런 쪽에 관심이 많기도 하다. 나를 누군가가 찍어 준다는 것은 어떤 기분일지도 궁금하다. 편집까지 해 주실 거 아닌가. 아, 상상만 해도 감동….

고
퇴
경

Toe

조금 더 재미있게!

박동철

자신이 지나가다가 돌을 걷어찼다. 이것 때문에 벌이질 나비효과는?

 걷어찬 돌이 우연히 그곳을 지나던 개미에게 명중하여 개미가 죽는데 그 개미는 사실 지구를 감시하기 위한 삐뚜루빱빱족의 첩자였다. 화가 난 삐뚜루빱빱족은 지구를 침공한다. 전 세계가 힘을 모아 맞서 싸워 보지만 1000년 이상 진보한 과학 기술을 가진 그들의 몸에 흠집조차 낼 수 없었다. 전 인류가 그들의 노예가 되려던 찰나 분노한 고퇴경은 그들을 향해 침을 뱉고 그 침을 맞은 삐뚜루빱빱족은 연기처럼 사라진다. 인류를 구할 최후의 무기가 나의 침인 걸 알게 된 세계 정부는 나의 침을 원했고 내가 제시한 조건은 단 한 가지.

호날두랑 같이 사진 찍게 해 주세요.

 이현애

내가 다른 생물이 된다면?

 백상아리.

수영을 잘 못해서 그런지 아직도 구명조끼 없이는 키가 넘는 물속으로 들어가는 것이 두렵다. 그리고 하늘은 우리 인간이 진작 정복했지만 바다는 아직 10킬로미터 밑에 뭐가 있는지 모르지 않나. 물고기가 되어서 깊은 바닷속에 뭐가 살고 있는지 구경해 보고 싶다. 한번 들어가면 못 돌아오게 되더라도, 남자답게 못 먹어도 고!

한성미

고퇴경으로 삼행시!

 고: 고자라니…. 내가 고자라니! 난 이제

퇴: 퇴물이야…. 아저씨

경: 경복궁으로 가 주세요.

 조은성

무인도에 혼자 살아남았다. 가장 무서운 것과 그 이유는?

벌레가 없는 무인도라면 뭐가 있더라도 어떻게든 버텨 내서 언젠가는 구조될 자신이 있다. 하지만 벌레가 많은 무인도라면 살아남고 싶은 생각이 전혀 없다. 나는 귀신도 안 무서워하고, 내 앞에 칼을 든 강도가 있다고 하더라도 당황하지 않을 자신이 있다. 하지만 내 원룸에 바퀴벌레가 발견된다면 나는 그 즉시 다른 방을 찾아볼 것이다.

 강은혜

다른 사람의 생각을 조종할 수 있는 능력이 생긴다면 행복할까?

왕왕 행복하지 않을까. 온 세상 사람들이 나를 좋아하게 만들 수 있으니까. 온 매체에 나를 칭찬하는 기사들과 댓글들로 도배하게 하고 그게 질리면 그냥 무관심하게 만들어 버릴 수도 있고. 짝사랑 같은 건 하지 않아도 되고 온 세상이 내 마음대로 움직일 테니까.

신이 되는 거지, 신!

보통 이런 류의 절대자적 초능력을 가지게 되는 영화나 웹툰의 끝은 항상 비극으로 끝나는데 내 인생에서만큼은 완벽한 해피엔딩일 듯.

 권준영

당장 10억이 생긴다면?

 난 자제력이 좋은 편은 아니기 때문에 일단 6억 5000만 원은 예금을 들어서 절대로 빼지 못하도록 묶어 놓을 거다. 그러고는 3억으로는 근처에 있는 집을 하나 사고 고양이를 두 마리 키울 것이다. 지금도 키우고 싶은데 방이 너무 좁아서….

남은 5천만 원으로는 최고 사양 노트북, 아이패드, 최고급 카메라, 갤럭시노트7, 브라운 전동 면도기, 얼음이 나오는 고급 냉장고를 구입한 후에 냉동실에 베스킨라빈스 하프갤런 사이즈의 '뉴욕 치즈 케이크'랑 '엄마는 외계인'을 가득 넣어 두고 냉장실에는 스프라이트를 가득 채워 놓을 것이다. 상상만 해도 너무 기분이 좋네.

 지나가는 과객

〈올드보이〉의 오대수처럼 이유도 모른 채 15년을 감금당했다면?

 일단 〈올드보이〉를 안 봐서…. 정확히 어떤 상황인지를 잘 모르겠다. 밥 대신 항상 군만두를 주는 것은 알고 있다. 개인적으로 만두를 정말 좋아하기 때문에 일단 먹는 건 문제없다고 봐야겠고. 방의 구조가 어떤지 인터넷으로 검색해 봤는데 충격적이게도 컴퓨터가 없었다. 잔인한 녀석들…. 나라면 15년은커녕 15시간도 버티지 못했을 것이 분명하다. 어떻게 하면 고통 없이 죽을 수 있을지를 곰곰이 생각하다가 굶어 죽는 방법을 선택하지 않았을까. 꼬르륵.

 김미경

짜장면 vs. 짬뽕?

나는 항상 볶음밥을 시키는 편이지만, 둘 중 하나를 고르라면 요즘엔 짬뽕이 더 좋을 것 같다. 특히 국물이 진하고 끈적끈적한 짬뽕을 가장 좋아한다. 집에 짬뽕 라면은 종류별로 다 있는데 짜장 라면은 없다.

 한윤수

찍먹 vs. 부먹?

찍먹이든 부먹이든 상관없는데 찍먹, 부먹의 논쟁이 생기기 이전에는 당연히 부어먹었다. 하지만 이 논쟁이 생기기 시작하면서 부먹이라고 커밍아웃을 하면 배려 없는 인간으로 낙인찍히고 욕을 먹는 시대가 되었다. 그건 개인의 취향이지 절대 욕먹을 일이 아니라고 생각한다. 이 자리에서 용기 있게 밝힌다.

나는 부먹이다!

박형준

페라리 vs. 람보르기니?

 무면허다.

 서유나

귀여운 여자 vs. 섹시한 여자?

늘 섹시한 여자에 대한 동경을 가지고 있으나 지금까지 한 번도 그런 여자를 만나 본 적이 없다. 기가 센 여자는 날 잡아먹어 버릴 것 같다. 내 성격상 그렇게는 못 살기 때문에.

 공소담

아침에 뭐 먹을지 그 전날 저녁에 생각하나? 아니면 아침에 일어나서 생각하나?

아침을 안 먹은 지 5년이 넘는다. 아침 먹을 시간에 5분이라도 더 자는 게 행복하다. 사람은 적응의 동물이다. 안 먹다 보면 안 먹어도 배가 고프지 않다.

현예슬

롯데리아, 맥도날드, 버거킹 중에 어디가 가장 맛있다고 생각하나?

 지극히 개인적인 취향이니까 이해 바란다. 1위 맥도날드, 2위 버거킹, 3위 롯데리아. 일단 롯데리아는 해외에서는 먹을 수가 없기 때문에 패스! 맥도날드의 패티가 두툼하고 단단하지도 않으면서 적당히 야무진 게 제일 맛있는 것 같고, 버거킹의 버거는 정말 맛있지만 감자튀김이 나랑 안 맞는 것 같다. 반면 맥도날드는 가서 감자만 사서 먹어도 전혀 부족함이 없는 적당한 정도의 소금기를 함유하고 있다. 빅맥 세트를 가장 좋아한다. 맥도날드는 자동차 조수석에 앉아서 먹을 때 가장 맛있다.

 박유리

본인에게 초능력 한 가지가 생긴다면 어떤 능력을, 왜 갖고 싶은가?

시간을 지배하는 자!
선택 장애가 있어서 결정에 많은 어려움이 있는데 시간을 되돌려서 두 가지 선택을 모두 해 보고 더 나은 쪽으로 결정할 수 있는 점이 가장 좋은 것 같고, 너무 행복해서 이 순간이 영원했으면 좋겠다 싶은 순간을 계속 경험할 수도 있고, 마음만 먹으면 계속 젊게 살 수도 있고(최근에 개봉한 〈미스 페레그린과 이상한 아이들의 집〉처럼), 어쩌다 실수를 하게 되더라도 다시 돌아가서 그렇게 안 하면 되니 사는 데 전혀 고민 없이 편하게 살 수 있을 것 같다. 무엇보다 돈 버는 방법은 다들 알고 있을 것 같고. 하고 싶은 건 뭐든지 해 본 뒤에 시간을 돌려 버리면 되니 앞서 언급했던 내가 원하는 삶(문도! 가고 싶은 대로 간다!)에 정확히 일치하는 삶이 아닐까.

 이광훈

애절한 사랑 이야기의 영화의 주인공으로 캐스팅되었다. 함께 연기하고 싶은 여배우는? 왜?

덕분에 20분 동안 상상하면서 정말 행복했다. 감사 감사! 이렇게 혼자 김칫국 마시는 것이 무슨 의미가 있나 싶긴 하지만…. 개인적으로 이성경 씨를 정말 좋아한다. 특히 그 눈에서 뿜어져 나오는 뭔지 모를 아우라가 정말 매력 있다고 생각한다. 내 성격이 센 편이 아님에도 불구하고 고집 있고 지는 것을 싫어해서 카리스마 있고 기가 센 스타일보다는 약간 청순하고 순둥순둥한 스타일을 좋아한다. 하지만 이성경 씨는 예외적으로 정말 매력 있다. 언젠간 꼭 한 번 만나고 싶다.

 임종호

추운 게 낫나 더운 게 낫나?

이상하게도 추위를 많이 타는데 더우면 땀도 엄청 많이 나는 체질이다. 많은 사람들은 추우면 껴입으면 되지만 티 한 장만 입고 있어도 더우면 답이 없으므로 추운 게 낫다라고 많이들 얘기한다. 하지만 나는 더운 게 낫다. 추운 건 너무 싫다. 특히나 겨울에 샤워하고 벌거벗고 나와서 옷 입기 전까지의 그 추위가 세상에서 제일 고통스럽다. 매일 겪어야 한다는 점이 더더욱 그러하다. 온몸을 빈틈없이 꽁꽁 싸맬 수도 없는 노릇이고, 마스크를 껴도 눈은 가릴 수가 없는데 그 눈 주위가 추운 것마저도 싫다. 수족 냉증이 있어서 많이 추운 날에는 장갑을 껴도 손에 감각이 없다. 안 낀 날에는 말할 것도 없고. 반면에 약간 더위를 즐기는 스타일. 나는 어차피 조금만 더워도 땀이 나기 때문에 얼마나 더운지는 크게 상관이 없다. 어차피 옷이 젖는 건 변하지 않으니까. 크흡!

 전채연

버튼 두 개가 있다. 둘 중 하나를 누르면 무조건 1억을 주고, 다른 하나는 50퍼센트의 확률로 10억을 준다. 무엇을 누르겠는가?

난 남자답게 10억에 베팅한다! '50퍼센트의 확률로 10억이니 5억의 기회비용이 발생한다. 고로 5억을 선택하는 것이 옳다!'라고 하는 이도 있겠지만! 1억을 받는다고 해도 10억에 대한 미련 때문에 영 찝찝할 것 같고 행여나 같이 도전한 누군가가 10억에 베팅해서 당첨된다면 배가 아파서 두 달은 잠을 못 잘 것 같다.

장유하

간이 화장실을 지을 때 위와 아래 중 한 곳만 가릴 수 있다면 어디가 좋을까? (얼굴 혹은 엉덩이?)

너무나도 잔인한 질문이다. 얼굴을 가리자니 내가 이용할 땐 너무나도 좋지만 남들의 엉덩이를 보는 게 너무 고통스럽고 아래를 가리자니 내가 이용할 때 표정을 어떻게 지어야 할지 고민이 된다. 그렇다고 절충하여 허리를 가리는 건 좀 아닌 것 같고…. 아래를 가린 다음에 뒤로 돌아서 싸야겠다.

고
퇴
경

Kyung

조금 더 진지하

서민정

모든 사람들에게 인정받는 착한 사람이 되고 싶지만 사람들마다 생각하는 착한 사람의 정의가 다르더라. 모두에게 착한 사람이 될 수는 없지만, 내가 존경하는 사람에게만이라도 착한 사람이 되고 싶다. 본인이 생각하는 착한 사람이란?

내가 생각하는 착한 사람은 '순박한 사람', 누가 봐도 '와, 쟤는 진짜 착하다 하는 사람'이다. 연예인으로 예를 들자면 박보검이 가장 먼저 떠오른다. 그냥 순수의 결정체 같은 느낌이랄까. 그런데 굳이 모두에게 착한 사람이 될 필요가 있을까. 그냥 본인 그대로의 모습을 보여주고 그 모습을 좋아해 주는 사람에게만 최선을 다하면 될 듯. 남들의 시선엔 전혀 신경 쓸 필요가 없다. 뭐 눈에는 뭐만 보인다고 남 욕하면서 다니는 사람들 인성은 안 봐도 비디오!

 정지해

우울증 대인기피증에 걸린 친구가 있다. 그 친구는 '내 앞에 놓인 벽을 넘어오지 마. 난 넓은 바다 위의 섬이야. 그렇다고 날 버리지는 마'라는 생각을 가지고 있다. 그 친구를 어떻게 대해야 할까?

이런 상황은 드라마나 영화 혹은 만화 등에서 정말 아름답고 감동적인 사랑 이야기로 종종 묘사된다. 하지만 나는 말을 잘 듣는 사람이기 때문에 넘어오지 말라는 벽은 절대로 넘어가지 않는다. "그래, 네가 넘어오지 말라고 했으니 안 넘어갈게." 나는 이럴 것이다. 이기적이라고 생각할지도 모르지만 나는 어떤 일을 하더라도, 내가 힘들고 상처받으면서까지 남을 사랑하고 도울 수 있을지 잘 모르겠다. 물론 정말 친한 친구나 사랑하는 사람이라면 내가 힘들지 않는 선에서 최선을 다해 돕겠지만. 그 사람이 그렇게 변한 것이 전적으로 내 책임이라면 그가 예전으로 돌아올 때까지 모든 걸 다 바쳐서 그를 돕고 사랑할 것이다.

 지수 지원 나경아
사람들의 관심과 사랑이 많아질수록 힘든 부분이 없는지. 힘든 점이 있다면 그것을 이겨 내는 방법은?

딱히 더 힘들다고 생각되는 점은 없다. 가끔 가다 '나도 이제 열정이 식은 건 아닐까'라는 생각이 들 때 슬퍼지기도 하는데 이 슬픔은 곧 새로운 영상에 대한 또 다른 열정으로 금방 극복되기 때문에 크게 걱정하지 않는다. 슬프고 힘든 걸 별로 좋아하지 않기 때문에 (누군들 좋아하겠냐마는) 스스로를 긍정적으로 컨트롤한다. 다행히도 이것을 뒤엎어 버릴 만한 힘든 일은 아직까지 없었다.

 Chung Youn Seok

수능이 90일 남았을 때 어떻게 마음을 다졌나?

독자들이 이 책을 펼쳐 보고 있을 때쯤이면 2017학년도 수능이 끝난 시점일 듯. 끝까지 쭉 스퍼트를 올리는 게 정말 중요하다. 가속도 라는 개념을 떠올리면 될 것 같다. 대부분의 학생들은 수능이 하루 이틀 남았을 때 이런 생각을 한다. "고작 며칠 더 공부한다고 성적이 얼마나 오르겠어?"라고. 그게 가장 위험한 생각이다. 아파트 옥상에서 공을 떨 어뜨린다고 생각해 보자.

처음 1초 동안 떨어지는 거리와 마지막의 1초는 천양지차이다. 보통 큰 시험을 칠 때 똑같은 출제 범위를 한 번만 보고 들어가는 사람은 없다. 거의 완벽하게 외워질 때까지 똑같은 내용을 수없이 반복하는데 한 번 전체를 훑는 것을 한 사이클이라고 한다. 처음에는 한 사이클을 돌리는 데는 정말 많은 시간이 필요하다. 수능 준비를 비롯해서 보통 다른 자격 증 시험도 교과서를 한 번 정독하는 데만 몇 달이 걸린다. 하지만 똑같 은 내용을 계속 보면 자연스럽게 한 사이클을 돌리는 시간이 줄어든다. 그러다 시험 막바지쯤 되면 이틀이면 수십 가지 과목의 내용을 한번 싹 훑어보는 경지에 이를 수 있다. 고로 시험 이틀 전에 공부를 설렁설렁 한다는 건 시험 공부 초반으로 치면 수개월의 시간을 날려먹는 것과 똑 같다. 결론은 마지막 1초까지도 포기하지 말라는 것!

지수 지원 나경아

많은 사람들에게 사랑받는 지금 만약 일주일 후에 죽는다면 가장 하고 싶은 일이 뭔가?

 갑자기 일주일 뒤에 죽는다고 생각하니 너무 슬퍼졌다. 아직 못 해 본 게 너무 많단 말이야. 일주일 뒤에 죽는다면 우선 가족과 친구들을 한자리에 불러 모아서 간단하게 작별인사를 한 뒤에 프라하로 날아가서 스카이다이빙을 할 것이다.

 류지훈

꿈과 현실 사이에서 고민하는 분들에게 해 주고 싶은 말은?

 멍청아, 꿈을 현실로 만들어라!

신기범

타고난 성품을 노력을 통해 바꿀 수 있다고 생각하는가?

물론이다. 노력을 통해서 못 이룰 것은 없다고 생각하는 타입이다. 죽을 만큼 노력했는데 안 된다? 그런 건 없다. '단지 자신의 노력이 부족했을 뿐이다'가 내 생각이다. 실제로 원하는 것이 있으면 물불 안 가리고 달려드는 성격이다.

히주

한순간에 자신 빼고 다들 눈이 멀어 버린다면?

 사람들을 끌어 모아서 나만 눈이 보인다는 사실을 알린 후에 이 세계의 지배자가 될 것이다. 폭군 말고 모든 사람의 존경을 받는 선한 지도자. 평소에 리더십이 있는 편이 아니고 어떤 모임이나 단체에서도 대표나 1인자보다는 2인자의 위치를 더 선호하기 때문에 리더 자리에 전혀 욕심이 없으나 이때는 한 번쯤 내가 최고가 되어 봐도 될 것 같다.

 신보경

엄지손가락과 중지손가락 중 더 영향력이 크다고 생각하는 건?

 청소년기까지는 중지손가락의 영향력이 크고 성인이 되고 나서는 엄지손가락의 영향력이 더 크다. 둘 중 하나만 고르라면 대한민국을 대표하는 따봉충으로서 엄지에 한 표. 나는 성격이 과하게 긍정적인 편이고 실제로도 따봉을 굉장히 자주 사용한다. 중지는 학창 시절엔 많이 썼는데 지금은 뭔가 유행이 많이 지나 버렸다.

김범수

진실이 나를 불편하게 할 때 나는 진실 대신 나에게 위안이 되는 것을 좇아도 괜찮을까?

어떤 상황에서도 냉정하고 지극히 현실적인 편이라서 나의 대답은 노. 말 그대로 그건 임시방편에 불과하지 문제 해결에는 전혀 도움을 주지 못한다고 생각한다. 내가 이해하는 한도에서 예를 들자면 '바람나서 헤어진 애인이 자꾸 생각나서 술로 잊는다.' 약간 이런 느낌 같은데 내가 이런 쪽으로 전혀 감성적이지 않은지라 공감을 못해서 그런지는 모르겠으나 그것만큼 바보 같은 행동은 없는 것 같다. 그래 봐야 달라지는 건 하나도 없기 때문에. 결국 본인만 더 비참해질 뿐. 언제까지 안 불편한 척 연기하며 살 수는 없다. 언젠간 그 진실을 마주해야 할 때가 올 텐데 그 시기는 빠를수록 좋다고 본다.

 윤고은

사람을 좁고 깊게 사귀는 걸 좋아하나? 아니면 최대한 많은 사람을 사귀는 걸 좋아하나?

좁게 사귀는 게 좋다. 또한 굳이 깊을 필요도 없다. 나는 꾸준히 연락하며 지내는 친구가 많지 않다. 열 명 남짓인데 이 친구들도 1년에 두 번 정도면 자주 보는 편이고 보통은 명절 때 한 번 보거나 같이 1박 2일로 놀러가는 정도이다. 20살 이후에 한 번도 보지 못한 친구들도 많지만 나는 그들과 멀어졌다고는 생각하지 않는다. 다들 각자 위치에서 최선을 다하고 있을 거고 그거면 충분하다. 이게 수시로 만나 술잔을 기울이면서 '우리 친구 아이가!'라고 외치는 것보다 훨씬 더 멋있는 친구 관계라고 생각한다.

조홍신

자신이 잘생겼다고 생각하나?

 당연히 노! 내가 생각하는 잘생긴 얼굴은 방탄소년단에 정국, 엑소의 찬열 같은 스타일이다. 나는 개성 있게 생긴 얼굴이지 잘생긴 것과는 거리가 있다고 생각한다. 그렇다고 내 얼굴에 불만족스러운 것은 아니고. 피부가 조금 더 좋고 두상이 좀 더 작고 턱이 좀 더 갸름했으면 좋았을 것 같긴 하지만, 내가 이렇게 생긴 걸 어쩌겠는가. 만족하면서 살아야지. 남자는 능력이지! 물론 외모도 능력이지만.

 김연경

간절히 성공하고 싶었던 적이 있다면?

 매 순간순간이 그러하다. 지기 싫어하는 성격 때문에(지는 걸 좋아하면 그게 미친놈이지) 항상 나보다 위에 있는 사람을 보는 편이다. 내가 연 1억을 번다면 2억을 버는 친구를 바라보고, 5억을 벌게 되면 10억을 버는 사람을 볼 것이다. 그렇게 하는 것이 나로 하여금 더 열심히 살아가게 하는 원동력이 된다.

조휘찬

인생을 살아가면서 사랑, 일, 우정 중에 어떤 것이 가장 중요하다고 생각하나?

 일이라는 게 개인의 행복이나 성공을 의미하는 것이라면 일, 사랑, 우정 순이다. 내가 성공하고 행복해야 사랑도 하고 친구들도 도와줄 수 있지만 반대의 경우는 성립하기 힘들기 때문이다. 사랑과 우정에 있어서는 나는 흔히들 말하는 사랑꾼과는 거리가 멀지만(정반대임) 아무래도 친구들보다는 연인과 보내는 시간이 많기도 하고 당연히 그래야 한다고 생각한다. 가화만사성이라는 말처럼 가정이 행복하고 뿌리가 튼튼해야 친구 관계도 원만하게 유지할 수 있지 않을까.

 김규희

미래에 어떤 마누라와 밥 먹으면 정말 맛있게 행복하게 먹을 것 같나?

아직까지 결혼보다는 내 생활을 좀 더 즐기고 싶다. 20살부터 항상 혼자 살아왔기 때문에 나만의 공간에 나 혼자 있는 게 익숙하고 누군가와 같이 산다는 게 쉽게 상상이 되지 않는다. 하지만 나에게 마누라가 있다는 것은 내가 그 모든 것을 양보하고 결혼을 했다는 것이기 때문에 아마 정~~~~~~~~~~말 사랑하는 사람일 게 분명하고, 그게 어떤 사람이든 함께 있으면 무엇을 먹든 정말 맛있고 행복하게 먹고 있을 것이다.

이유미

자신이 만약 여자라면 이상형이 어떤 사람이었을 같은가?

 감정이입이 잘 되지 않기는 하지만… 내가 좋아하는 남자스타일은…. 일단 남자답고 듬직한 스타일보다는 약간 호리호리하면서 순둥이 스타일을 좋아할 것 같다. 위트가 있는 남자지만 누가 봐도 "와, 쟤는 진짜 웃기다"라고 하는 남자는 말고 나랑 있을 때만 재미있는 남자. 바보 같을 정도로 착한 스타일을 좋아할 것 같다. 정체성에 혼란이 와서 여기까지 하겠다. 양해 바람!

 김기배

시간이 흘러가는 것에 대한 느낌을 15글자 이내로 한다면?

 미처 말하지 못했어 다만 너를 좋아해.

 김찬휘, 임솔

이상형은?

 가장 중요한 건 귀여운 포인트가 하나 이상은 무조건 있어야 한다. 말투가 귀엽든, 생김새가 귀엽든, 하는 행동이 귀엽든. 귀여움으로 똘똘 뭉칠 필요는 전혀 없지만 어느 하나 내가 귀여워할 만한 포인트가 있는 여자. 나랑 같이 덕질을 해야 하기 때문에 뭔가 하나에 미쳐 있어야 한다. 나한테 미칠 필요는 전혀 없고 그 대상이 피규어가 되든 애니든, 남자 연예인이든, 아이돌이든, 온라인 게임이든 관계없다. 자기 밥 벌이는 스스로 할 수 있는 능력이 있었으면 좋겠다. '돈은 내가 알아서 벌 테니 당신은 집에서 게임이나 해!'라고 말할 수 있는 여자라면 최고가 되시겠다. 물론 그렇다고 내가 돈을 안 벌고 집에서 놀기만 하겠다는 의미는 아니고 그러지도 않을 거다.

남자 많은 여자는 딱 질색. 아는 오빠는 개나 줘 버려.

 김예지

몸 좋고 테크닉이 좋은(?) 잘생긴 남자와 뚱뚱하고 성격 더럽고 못생긴 여자 중 한 명과 결혼해야한다면? (꼭 해야 함!)

 꼭 결혼해야 한다는 의미라면 남자랑 할래. 어떻게 생기든 뚱뚱하든 마르든 관계없는데 성격 더러운 건 같이 지내기에 정말 고통스러울 것 같다. 왠지 동영상도 못 찍게 할 것 같아. 그런데 괄호 안 '꼭 해야 함'의 의미는? 뭘… 해야 한다는 건지는 모르겠지만…. 뭔가 꼭 해야 한다는 의미라면…. 여자요….

 오병찬

사람이 몇 살부터 아재가 된다고 생각하나?

 맹독 버섯 수프를 먹었을 때부터.

공소담

붕어빵 먹을 때 어느 부분부터 먹나? 왜?

 꼬리를 한입에 먹는 걸 가장 좋아하기 때문에 머리부터 먹는다.
꼬리 부분만 남겨 두고 일자로 깔끔하게 먹은 후에 바삭한 꼬리 부분을
한입에 쏙! 꼬리만 따로 모아서 팔았으면 좋겠당!

 남정주

달과 은하수가 걸려 있는 높은 산 절벽 소나무 밑에서 친구와 막걸리 한
사발 마시면 어떤 느낌일까?

 아, 내일 아침에 머리 아프겠다.

 최현재

돈과 꿈 중에 무엇을 우선시하며 그와 반대되는 가치관을 가진 사람에
대해서는 어떻게 생각하나?

우리 부모님도 자주 말씀하셨고 각종 강연을 통해서도 자주 들
었던 말이 있다. '네가 하고 싶은 일을 해라. 돈은 저절로 따라온다.' 나
역시 이 말의 진정한 의미를 이해한 지 2년이 채 되지 않았다. 백마디
말을 듣는 것보다 본인이 몸소 느껴 보는 게 가장 확실한 방법이니까.
나 역시 '세상에서 가장 중요한 건 돈이다. 돈이 곧 권력이고, 힘이고 모
든 것이다. 돈만 있으면 안 되는 건 없다''고 생각했던 적이 있다. 이게

틀린 말은 아니라고 생각하고 지금도 어느 정도는 공감한다. 하지만 본인이 정말로 하고 싶은 일을 하면서 살 수 있다는 것이 얼마나 행복한 것인지는 꼭 한번 느껴 봤으면 좋겠다.

 이유빈

어느 날 당신의 춤 실력과 표정에 감동을 받은 빅히트가 당신에게 방탄소년단의 새로운 멤버가 되라고 한다면?

　　안녕하세요. 방탄소년단의 새로운 맏형 고퇴경입니다! 상상만 했는데 기분 마구마구 좋아짐!

황윤도

남자 중학교를 간 다음 남녀공학 고등학교를 가는 것과, 남녀공학 중학교를 간 다음 남자 고등학교를 가는 것 무엇을 선택할 건가?

　　중학교는 공학을 나오고 고등학교는 남고를 나왔기 때문에 다시 돌아간다면 반대로 가 보고 싶다. 중학교 시절에 너무 수줍음이 많아서 그때부터 지금까지 연락하며 지내는 여자 사람이 거의 없다. 중학교를 남중을 나오고 고등학교를 공학으로 간다면 좀 더 외향적인 성격이 되어 고등학교에 가서 여자 사람들이랑 얘기도 많이 해 볼 텐데…. 학생 때 하는 연애는 어떤 느낌일까?

오정원

요리를 할 줄 아나? 할 줄 안다면 제일 자신 있는 요리는?

 요즘에 쿡방이 많아지면서 요섹남이라는 말도 생기고 퇴근 후에 나 주말 시간을 이용해 요리 학원에 다니는 남성들도 많다는 얘기를 들었다. 그러나 나에게는 굉장히 좋지 않은 흐름이다. 크흑. 원래부터 먹는 데 그렇게 많은 의미를 부여하지 않고, 끼니도 그냥 간단하게 해결하는 편이다. 특히나 빵을 많이 좋아하다 보니…. 나에게 있어서 요리란 라면을 의미하며 더 이상 배우고 싶지도 않고 배울 생각도 없다. 결혼할 사람이 요리를 못한다고 해도 전혀 관계없다. 항상 집에 빵 몇 개와 우유 정도만 있으면 된다. 대세란 돌고 도는 법, 언젠간 춤섹남의 시대가 오길!

 최유정

세상에서 단 한 가지가 영원할 수 있다면?

 고퇴경

 이혜리

과거의 자신과 현재의 자신을 보았을 때 각각 어떤 기분이 들며 과거와 현재 중 언제가 더 좋은가?

 과거와 현재가 달라져도 너무 달라져서 나 스스로도 신기할 정도이다. 지금 이런 일들을 하고 있는 것이 나의 내성적 성격을 조금이나마 고쳐 볼 수 있지 않을까 해서 해 왔던 결과이기 때문에 현재가 훨씬 더 만족스럽다. 사람들 앞에서 춤을 추고, 강연을 하고, 노래를 부르는 것은 정말 상상도 못했던 일이고 내 자신에게 매순간이 도전이다. 지금도 여전히 매번 두렵고 긴장도 많이 되지만 그만큼 성취감도 배가 되는 것 같다.

Epilogue (feat.Toe Kyung's Father)

 I have a dream

자식의 책 출간을 앞두고 이렇게 글을 쓰고 있으니, 좀 묘한 기분이 든다.

퇴경이가 SNS에 올린 동영상을 처음 봤을 때는 참 많이 웃었다. 망가지기는 했어도 그로 인해 여러 사람들에게 잠시나마 웃음을 줄 수 있다니 기특했다. 그래서 내 친구들에게 아들의 동영상을 소개하기도 했다. 재미있었다. 〈미룰래〉란 싱글 앨범을 낸다고 했을 때는 좀 생뚱맞아 보여 솔직히 그리 현실감 있게 와 닿지는 않았다. 책을 낸다면서 글을 썼다고 보내 온 원고를 읽어 보고는 혼자서 킥킥대고 웃었다. 이야기의 행간에 숨겨져 있는 나만 아는 비밀이 알알이 떠올라서. 남들은 모르는 퇴경이의 세상, 이건 어쩌면 나만의 특권이 아닐까?

퇴경이의 글을 읽는 동안 퇴경이가 태어난 순간부터 지금까지 퇴경이에 대한 모든 기억이 한 편의 영화처럼 머릿속에 스쳐 지나갔다. 퇴경이가 4살 때였다. 서울 상계동에서 살던 시절, 퇴경이는 단짝 소꿉놀이 친구인 이웃집 계집아이와 아파트 10층에서 온갖 장난감을 아래층으로 던지면서 까르륵 해맑게 웃으며 좋아했다. 퇴경이는 그렇게 잘 웃는 아이였다.

어느 날 퇴경이가 깨진 유리창의 유리에 찔려 서너 바늘 꿰맨 적이 있다. 마취도 하지 않고 생살을 꿰매는데도 퇴경이는 울지 않았다. 어른도 견디기 힘들 정도의 아픔이었을 텐데, 씩씩하게 치료를 받는 모습을 옆에서 지켜보며 오히려 내 눈에서 눈물이 핑 돌았다. 퇴경이는 그렇게 잘 울지 않는 아이였다. 돌이켜 보니 내 기억에 아들이 우는 모습을 한 번도 본 적이 없다. 내가 알고 있는 아들은 매사에 항상 긍정적이다.

《명심보감》에 책을 아무리 많이 물려줘도 자식이 읽지 않으면 소용없고, 재산을 아무리 많이 물려줘도 지키지 못하면 그 또한 소용이 없으니 부모는 그 울타리를 물려주라고 했다. 그래서 나 때문에 욕을 먹게 하지 않으려고 부단히 노력했다. 그래도 경제적으로 항상 쪼들리면서 살아왔기에 자식에게 별로 도움이 되지 못했다는 미안함은 평생 남아 있을 것이다. 남들보다 넉넉한 환경이 아니었음에도 어엿한 약사가 되고, 자신이 좋아하는 것을 하면서 살아가는 것을 보면 마냥 대견하다. 그리고 아비로서가 아니라 인간적으로는 그런 아들이 부럽기도 하다.

처음 쓰는 글치고는 나쁘지 않다고 생각한다. 형식에 구애받지 않고 자유롭게 자신의 과거 모습과 현재 생각을 담아내고, 자신의 경험들을 적극 개진한 것에 박수를 쳐 주고 싶다. 작가가 되겠다고 욕심을 부리는 것이 아니라, 살면서 해 보고 싶은 것에 도전하고 그것을 이루었다는 것에 아낌없는 칭찬을 해 주고 싶다. 부모로서 조금 더 바람을 갖자면 퇴경이의 책이 다른 누군가에게 긍정의 힘으로 다가갔으면 좋겠다.

자식이라고 해서 그 삶에 깊숙이 관여할 생각도 없지만, 남 못
지않게 살아가기를 바라는 것이 모든 부모들의 마음일 게다.
나 또한 그 이상도 그 이하도 바라지 않는다. 다만 혹여나 지금
까지 겪어 보지 못한 옳지 못한 일에 엮여서 고생이나 하지 않
을까 하는 불안감이 늘 존재하는 것도 사실이다.

그리고 오늘 이 한 권의 책이 우리 아들이 살아가는 데 큰 활력
소가 되어 가슴에 묻은 한 녀석의 몫까지 잘 살아가길 바랄 뿐.

2016년 겨울의 입구에서
퇴경이의 영원한 아군 무계 고창근

Bonus

퇴경이의 버킷리스트

1. 35살까지 BBC가 선정한 죽기 전에 꼭 가 봐야 할 곳 TOP 50 다 가 보기
2. 현대카드 블랙 만져 보기
3. 〈무한도전〉 1주분 이상 출연, 〈런닝맨〉 우승, 〈정글의 법칙〉 출연
4. 아이돌 뮤직 비디오 출연해 보기
5. 내가 조연 (또는 까메오)으로 출연한 영화가 500만이 넘는 것
6. 만 명이 넘는 관객들 앞에서 노래해 보기 또는 공연해 보기
7. 스카이다이빙 자격증 따서 나 스스로 뛰어내리기
8. 촬영용 방, 안무 연습방, 피규어 전시실, 옷방이 따로 있는 방 5개 이상, 80평 이상의 2면 이상이 통유리로 된 40층 이상 높이에 있는 내 집 마련
9. 내 명의로 된 빨간색 뚜껑 열리는 페라리를 타고 조수석에는 뱅갈 고양이를 태운 채 스타벅스 바닐라 라테랑 맥모닝 테이크아웃하기 (현재 무면허)
10. 호날두랑 사진 찍기